集英社オレンジ文庫

京都岡崎、月白さんとこ

彩の夜明けと静寂の庭

相川　真

JN053809

本書は書き下ろしです。

目次

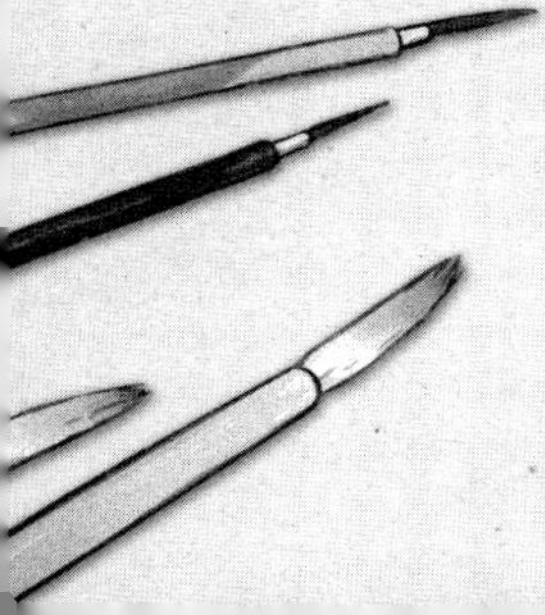

京都岡崎、
月白さんとこ
彩の夜明けと静寂の庭

一　鬼灯と地蔵盆

1

ふとした瞬間に、季節の移り変わりを感じる。

うだるような昼間の暑さのあと、夕暮れを過ぎた深く青い空に、さらりとかわいた風が吹いたとき。

街のショーウィンドウが、アースカラーのジャケットやブーツを並べ始めたとき。

道ばたに咲き始めた秋桜《コスモス》や彼岸花《ひがんばな》の隙間《すきま》から、赤とんぼがついと目の前を横切ったとき。

季節は灼熱《しゃくねつ》の夏を終え、たしかに秋へ向かっていると気がつくのだ。

七尾茜《ななおあかね》は早朝のリビングに差し込む太陽の光が、いつの間にか秋めいた柔らかさになっているのを感じて顔をほころばせた。

八月も半ばを過ぎ、今日は夏休み最後の日曜日だ。

窓を開けると途端に、庭の草いきれの青いにおいをたっぷりと含んだ風が、ぶわりと吹き込んでくる。ゆったりと揺れるカーテンの間から、庭に咲くサルスベリの桃色の花がちらりと見えた。

月白邸《つきしろてい》の美しい庭も初秋《しょしゅう》を迎えている。

七尾茜は、妹であるすみれと二人で、この京都岡崎《きょうとおかざき》にある月白邸に居候《いそうろう》している。

幼いころに母を亡くした二人は、父とともに京都へやってきた。去年の春、その父が亡くなり、二人きりになった姉妹を引き取ってくれたのが、この月白邸の家主《やぬし》だ。

それ以来この、広大な敷地と鬱蒼《うっそう》と植物の茂る美しい庭を持つ邸《やしき》で、茜とすみれは移りゆく季節を慈《いつく》しみながら過ごしている。

キッチンに入って、熱したフライパンにふたかけらのバターを溶かす。

じゅわじゅわと音を立て始めたところで、ミルクと卵たっぷりのホットケーキミックスをまるく流し入れた。刻んだチーズをごろごろと散らしてしばらく待つ。

ふつふつと穴が開いてきたのを見計らって、フライ返しをそっとその底に差し入れた。

「せーの……」

ぱふっという音とともに、返した裏側がむらなくきつね色に焼けているのがうれしくて、思わず笑みをこぼしたときだった。

「――おいしそうだね」

その声に茜はぱっと顔を上げた。目の前で太陽のようにきらきらと輝く美しい顔が笑っている。

紀伊陽時《きいはるとき》だ。

月白邸にほとんど住み込んでいる青年で、今年二十七歳になる。やや垂れ目で柔らかく笑みを見せるそのさまは、蜂蜜を煮溶かしたように甘い。

少し前までその髪は、太陽の光をたっぷりと含んだような美しい金色だった。それがひと月ほど前に一度黒に戻した影響で、今は明るめの茶色に落ち着いている。

「おはようございます、陽時さん」

茜はほら、と持ち上げたフライパンを指す。

「見てください、今朝の最高傑作です」

陽時の淡い瞳がきゅうと細くなった。

「うん、すごいよ。茜ちゃんは本当に上手だね」

あまりにまっすぐ褒《ほ》めてくれるものだから、茜は子どもっぽくはしゃいだのが気恥ずかしくなった。視線をあちこち泳がせて、すっとフライパンをコンロに戻す。

「ありがとうございます……」

手を洗った陽時が対面キッチンの向こう、テーブルの上にカトラリーの準備をしてくれていた。茜が食事を作る合間に、陽時や妹のすみれが食器やテーブルの準備をしてくれる。いつの間にかできあがった決まりごとだった。

月白邸の食事はそのほとんどを茜が任されている。居候の身であるから当然であるし、できることは引き受けたいと思っている。

何より茜は、キッチンに立つのが好きだった。

去年の春に亡くなった父は、京都の上七軒《かみひちけん》で喫茶店を営んでいた。父はコーヒーを淹《い》れるのは抜群に上手だったが料理は苦手だったから、店を手伝うときは茜が、自然とその役目を請《う》け負《お》った。

店の小さなキッチンで、フライパンにバターが溶けるじゅわりとした音。ケチャップの焦《こ》げる香ばしいにおいと、ホットケーキに垂らす蜂蜜が、窓から差し込む光にとろりと輝くさま。

カウンターの向こうにはいつだって常連客たちが笑っていて——隣には父がいた。

豆を挽《ひ》くガリガリと小気味よい音、ぽとぽとと雨だれのように響く、フィルターに湯を落とす音。立ち上る淹れたてのコーヒーの香り。それを見つめる……満足そうな父の横顔。

思い出すとふいに泣きたくなって、茜は首を横に振った。

ホットケーキの最後の一枚が焼き上がったころ。

「——起こしてきた！」

すみれが暖簾《のれん》を跳ね上げてリビングに駆け込んできた。小学校二年生の茜の妹だ。高い位置でぴょこんと揺れる髪は、今朝茜が結ってやったものだった。

「すみれちゃん、おはよう」

「おはよう、陽時くん！」

ぴかぴかの笑顔でそう言ったすみれは、片手にタオルケットをわしづかみにしている。

それはいったい何かと茜が聞く前に、暖簾の向こうから、すみれを追うようにのそりとその人が姿を現した。

この月白邸の主《あるじ》、久我青藍《くがせいらん》である。

百八十センチを優に越える身長に、黒くさらりとした髪。ゆったりとしなやかな獣が身じろぐように動く。歳は陽時と同じ、前髪の隙間からうっすらと開いた漆黒《しっこく》の瞳が、ひどく眠たげに細められていた。

「……おはよう」

なんとか絞り出したというような声だった。端々《はしばし》のアクセントは、柔らかな京都の言葉である。

「おはようございます、青藍さん、ずいぶん眠たそうですね」

自分たちのコーヒーとすみれのココアをテーブルに運んで、茜はどさりと椅子に座り込んだ青藍を見やった。

たっぷりの沈黙のあと。青藍がぼそりと言った。

「朝まで描いてた」

久我青藍は日本画の絵師である。

雅号《がごう》は『春嵐《しゅんらん》』。

好きな仕事は値段も問わず受けるくせに、気に入らないと仕事を依頼しに来た相手を家にも入れない。画壇では新進気鋭の変人絵師と名高いそうだ。

青藍の描く絵を、茜は知っている。

圧倒的な筆遣《ふでづか》いと色彩で見る者の目を奪っていく、その暴力的なまでに美しい絵を。

人は美しいものを見ると、ただ「きれいだ」としか言えなくなる。

それを茜は、青藍に出会って初めて知ったのだ。

「徹夜ですか？　また頭痛再発しますよ」

ホットケーキを二枚ずつ皿に取り分けて、それぞれにバターをひとかけらずつのせる。

蜂蜜は瓶のままスプーンを添えた。

青藍は普段の生活リズムの欠如が災いしたのか、偏頭痛《へんずつう》持ちである。茜とすみれが居候するようになって、朝起きて夜寝る生活になんとか戻り始めているところだ。

「……徹夜やない。夜が明けるぐらいには寝た」

やや気まずそうに青藍は視線を逸《そ》らした。それは結局ほぼ寝ていないに近いと、自分でもわかっているのだろう。そしてようよう寝入ったところを、すみれにあっさり叩き起こされたのだ。

「青藍、ぜんっぜん起きないから、すみれがんばったよ！」

ふふん、と得意げに胸を張ったすみれが、タオルケットをソファに投げ出して椅子にちょこんと座る。朝に弱い青藍を起こして朝食の席へ連れてくることを、すみれは自分の仕事だと誇りをもって務めているのだ。

「今日はね、青藍がタオルケットかぶって、おまんじゅうみたいになってた」

きゃっきゃと楽しそうに笑うすみれを、青藍が恨みがましそうに見やった。

「まぶしい言うてるのに……」

「だって朝だもん。日の光でちゃんと起きたほうがいいって、先生も言ってたよ」

「ぼくは、もう少し寝てたかった」

「少しってどれぐらい？　いつも少しって言うけど、そしたら青藍ずーっと寝てるじゃん。少しじゃないじゃん。すみれ知ってるもん」

小学二年生になったすみれは、最近ちょっとばかり理屈っぽくなった。言い返せなくなった青藍が口をつぐんで、その不満を険《けわ》しい顔だけで表現している。

サラダの器《うつわ》を運んでいた陽時が噴き出した。

「おまえ、このままだとすみれちゃんに頭上がらなくなるよ」

「……うるさい」

長い腕を伸ばして、青藍がその大きな手ですみれの髪を、やや乱暴にぐしゃぐしゃとかきまぜる。最初は触れると壊してしまいそうだと、小さな生き物に怯《おび》えていた青藍だが、最近はずいぶん慣れたようだった。

うれしそうにきゃあっと笑ったすみれが、もっと、とねだるように頭をぐいぐいと手に寄せている。

コーヒーのにおい、蜂蜜の金色、日の差し込むリビングには呆《あき》れ顔の陽時と、眠たそうな青藍と、うれしくてたまらないと言わんばかりの妹が、今日もここから日常を始める。

茜はキッチンが好きだ。

隣に父はいない。けれど茜の『家族』が、ちゃんといる。

ここからみんなの顔を見るのが、茜はたまらなく好きなのだ。

「──茜」

青藍が自分を呼んでくれる。丸太を薄く削って並べたような、大きなテーブルについた。

ホットケーキの上で黄金色のバターが溶けている。

香ばしいコーヒーのにおいの中で、全員が手を合わせた。

「いただきます」

その何でもない日々が幸福であるようにと。茜はいつだって、そう願うのだ。

――食後のコーヒーを飲み干した青藍が、がたりと椅子から立ち上がった。

「――……寝る」

使い終わった食器をまとめて持ち上げると、ふらふらと左右にかしぎながら、なんとかキッチンのシンクまで持っていってくれる。

「洗い物、おれがやっといてやるよ」

陽時が自分もコーヒーを片手にひらひらと手を振った。

青藍と陽時の炊事スキルは壊滅的で、茜が来るまではほぼ業者頼みだったそうだ。料理を手伝うのをきっぱりと諦《あきら》めたらしい二人は、最近、代わりに洗い物を担当してくれるようになった。

「……頼む」

そうとう眠たいのだろう。足を引きずるように暖簾に向かう青藍の背に向けて、陽時がそういえば、と言った。

「おれたち、これから児童館行ってるから」

「児童館?」

振り返った青藍が首をかしげる。すみれが顔を輝かせた。

「今日はお祭りだもん」

「地蔵盆だよ、すみれ」

茜が付け加えると、すみれがあわてて「じぞうぼん」と言い直す。

「おまえも起きたら来いよ」

陽時の言葉に、青藍がふんと鼻を鳴らせて、手の甲で暖簾を分けた。

「やかましいところはごめんや」

暖簾の向こうに消えていった青藍に、すみれがむっと唇をとがらせた。

「お祭り楽しいのにな……青藍がくるともっと楽しい」

夏の終わりの風が、ふわりとカーテンを揺らして吹き込んでくる。

遠くで虫の声が聞こえる。風がざわりと梢《こずえ》を揺らす音、葉がかさかさとこすれて、どれだけ経《た》っても、一つも同じ音にならない。

ときおり、ぱたた、と小鳥の羽が空を叩くかすかな音までが、すぐそばで聞こえるような気がしていた。

月白邸はいつだって、心地のいい静けさが満ちている。

「青藍さんは、賑《にぎ》やかなのが苦手だからね」

茜がそう言ったとき。ちょうど陽時が食器をまとめて立ち上がった。

「心配しなくても、たぶんあいつは来るよ」

茜がきょとんとしていると、その細めた淡い色の瞳で優しく笑うのだ。

「ここ最近、夏休みで茜ちゃんもすみれちゃんも、ずっと家にいたからね。あいつ、忘れてるんだよ」

その瞬間、ふと風が止《や》んだ。

すべての音が止まった気がした。

広い邸の中に、耳が痛くなるような静寂《せいじゃく》が満ちる。

「ここは、本当はちょっと静かすぎるんだってこと」

——ドンっと音がした。

すみれが椅子から飛び降りたのだ。ばたばたと陽時に駆け寄っていく。

「陽時くん、すみれ手伝う。食器拭《ふ》くよ」

「ありがと、すみれちゃん」

その瞬間、邸の音が息を吹き返したような気がして、茜は知らず知らずのうちに詰めていた息を、ほうと吐き出した。

窓の外を再び風が吹き渡る。

どこかでかすかにころころと虫が鳴いていた。

2

のそりと布団から身を起こすと、時計の針はすでに昼過ぎを指していた。タオルケットを畳の上に投げ出して、青藍《せいらん》はぼんやりとあたりを見やる。

体中にうっすらと汗をかいていた。

開け放してある部屋の障子《しょうじ》の向こうには、月白邸《つきしろてい》の庭が広がっている。まばゆいばかりの真昼の太陽が、地面に木々の影を黒々と焼きつけていた。

頭はまだ霞《かすみ》がかったようにぼうっとしていて、半ば夢の中にいるような心地だった。

青藍はふらふらと立ち上がって、寝間着に着ていた浴衣《ゆかた》を整えると、箪笥《たんす》から着替えを適当につかみ出した。シャワーを浴びて汗を流し、頭をすっきりとさせたかった。

昨日は一晩中起きていて、明け方にようやく眠ったと思ったら、一時間もしないうちにすみれに叩き起こされたのだ。

夏前に請《う》けた仕事が今朝、終わったところだった。

――絵を描くのは、夜がいいと青藍は思う。

人の声、生活の喧騒《けんそう》、面倒な訪問者に鬱陶《うっとう》しい電話。余計な音はみんな昼間だ。

それに太陽のまばゆい光は、あらゆるものをくっきりと映し出すから。その鮮やかさから、ときどき目を背《そむ》けたくなるのだ。

夜はいつだって青藍に優しい。

光は輪郭《りんかく》をぼやかすほど淡くかすかで、穏やかな静けさの中で筆を走らせていると、無心になる。

障子の隙間《すきま》から、昼間の庭を見下ろす。

季節は夏と秋の狭間《はざま》。

深い緑の葉を茂らせるのは、桜と紅葉《もみじ》。そのそばからは気の早い薄《すすき》が伸びている。端には枯れてどっさりと種をつけた向日葵《ひまわり》、その合間から薄桃色の花をつけているのは秋桜《コスモス》だ。

ここは青藍の師匠である絵師、月白《つきしろ》の邸《やしき》だった。

月白は変わった人で、この邸に売れない芸術家や職人たちを拾ってきては住まわせていた。彼らは好き勝手に母屋《おもや》を建て増し、渡り廊下をくっつけたり切り離したりし、知らないうちに離れを建設した。

おかげでこの庭は今でもずいぶんとごちゃごちゃとしていて、妙な置物や焼き物用の窯《かま》や崩れかけの倉庫や離れが、あちこちに残されているのだ。

青藍も陽時も、そんなかつての月白邸に居候《いそうろう》していた。

青藍がこの邸に引き取られてきたのは、小学生のころ。そのときすでにここにはたくさんの大人たちがいて、酒を飲み芸術を語り合い議論をしケンカをし、また酒を飲み。耳を塞《ふさ》ぎたくなるほど賑《にぎ》やかだったのを覚えている。

その真ん中にはいつも月白がいた。

青藍はふと振り返った。

薄暗い自分の部屋の中に、障子二面分ほどの大きな絵があった。

墨描きの桜だった。

地面からごつごつとした幹が伸び、細くどこか頼りない枝が、それでも空に向かって手を伸ばしている。

花はない。

月白が亡くなる直前に、青藍への課題として遺《のこ》したものだった。

この桜の木は青藍自身だ。

師匠が死んでからのおよそ六年を、青藍は無為に過ごした。月白を喪《うしな》い、ぽかりと開いた心の内を埋められず、遺されたこの絵に一筆を入れることもできずに、ただ眺めて酒に浸《ひた》っていた。

去年の十月、茜《あかね》とすみれがやってきた。朝、仕事だと起こしに来るすみれのおかげで、生活は規則正しくなり、茜がふるまってくれる料理のかずかずで、興味のなかった食事が楽しくなった。陽時《はるとき》が仕事以外でまた入り浸《い びた》るようになって邸は再び賑やかになった。

桜には互いに寄り添い合う小さな雀《すずめ》が二匹と、金色の猫。それからいくつかの動物が増えた。

いつかこの絵がいっぱいになったとき、桜に花が咲くのだと、茜がそう言ったのはいつだったか。

青藍はするりと墨描きの桜の木に指をすべらせた。

月白は、こうなることをわかっていたのだろうか。

ふいに風が止まり、葉ずれの音がなくなった。鳥の声も消えて広い邸に静寂《せいじゃく》が満ちる。

そういえば、三人は出かけているのだったか。ここしばらくは夏休みだとかで、茜もすみれもいつも邸にいた。

だからだろうか。しんと染《し》み入《い》るような静寂がなおさら際立《きわだ》つ気がした。

無性《むしょう》に心がざわつく。

この邸はこんなにも静かだっただろうか――……。

――青藍は自分でも言いようのない苛立《いらだ》ちを抱《かか》えながら、灼熱《しゃくねつ》のアスファルトを歩んでいた。

月白邸から児童館までの道のりに日陰はほとんどなく、上からは直射日光に、下からはアスファルトの放射熱にじりじりと炙《あぶ》られる。

……別にあの邸で一人でいるのが嫌なわけではない。ただせっかく仕事が明けたのだから、家でおとなしくしているのももったいないないなと思っただけだ。

普段引きこもってばかりいることをすっかり棚に上げて、心の中で無意味な言い訳を繰り返す。

つい、と目の前を何かが通り過ぎたような気がして、青藍は顔を上げた。

赤とんぼだ。空を見上げると高いところにすっと刷毛《はけ》ではいたような一筋の秋の雲。

夏が終わる。

この心を焼いているのが、苛立ちではなく焦燥感《しょうそうかん》だと青藍は気がついている。

夏の終わりは、どうやら人恋しくなるものらしい。

月白邸から一番近い児童館は、古い日本家屋だった。住人がいなくなったあと、町で管理しながら集会所や児童館として利用しているそうだ。

そばの広場では、開けた空の下に東山《ひがしやま》を望むことができた。植えられた木々が涼しげな木陰をつくっている。

青藍はその木陰に引き寄せられるように、ふらふらと広場に足を踏み入れた。

目を引くのは、青々とした竹で組んだ鮮やかな祭壇だった。

ふっくらとした鬼灯《ほおずき》の朱色、白と黄色の菊花《きっか》、薄紅に色づいた蓮《はす》のつぼみと深緑の大きな葉。カーネーションやトルコキキョウ、向日葵《ひまわり》なども交じっている。

ずらりと下げられた、赤い提灯《ちょうちん》が風にゆらゆらと揺れる。

お供《そな》えものは白い餅《もち》と和菓子に、子どもたちが喜びそうな袋菓子。酒の一升瓶と、ダンボール箱に入ったままのサイダーが三ダースばかり。

その中央に、真新しい赤い前掛けをつけた地蔵が、ちょこん、と鎮座していた。

風雨に洗われて曖昧《あいまい》になった顔かたちを彩《いろど》るように、絵具で化粧がされている。目元と頬と唇は赤、目は黒く甘やかに垂れた優しげな表情だった。

——今日は地蔵盆である。

盆が過ぎた夏の終わり、京都では地蔵盆が行われる。公園や道ばた、その地域にある地蔵に化粧を施《ほどこ》し、周囲に祭壇を組んで祀《まつ》るのだ。

子どもの夏祭りを兼ねることもあり、大人たちが手作りの屋台を出したり、盆踊りや花火大会をするところもあった。

このあたりも、地蔵盆といえばほとんど夏祭りのことだ。

たこ焼きのソース、フランクフルトのケチャップに、綿菓子のザラメが溶ける甘いにおいが混じる。

木陰には子どもたちが、戦利品を手に輪になって座っていた。同じ年頃同士の近所の子たちや、きょうだいや親戚。

青藍はふと目をとめた。

少し離れた陰に金色の髪をした少年が、一人たたずんでいるのが目に入ったからだ。

年の頃は中学生ぐらいだろうか。地蔵盆は小さな子ども向けの行事になりがちだから、中学生ぐらいになると参加しなくなることも多い。

スマートフォンをさわりながら、その少年はときおり退屈そうにあたりを見回していた。

それを見ているうちに青藍は、ふと記憶の遠いところで、何かが引っかかったような気がした。

ぼくたちもたしか、あんなふうにつまらなさそうな顔をしていた。

いつだったか、青藍も一度ここの地蔵盆に参加したことがある。月白邸に来てずいぶんたったあと。陽時も一緒だったから中学生のときだ。

木陰で二人で座り込んで——そう、月白を待っていたのだ。

たしかひどく暑い夏で――……。

「――……なあに？」

は、と夢から覚めるような心地で、青藍は顔を上げた。

すみれの声が聞こえたからだ。

声のしたほうを見ると、すぐそばの木陰にすみれの姿があった。片手に桃色の綿菓子、もう片手にはスーパーボールすくいの透明な巾着袋《きんちゃくぶくろ》と、水風船をぶら下げている。

大きな目をまん丸にして、目の前に立ちはだかっているその人を見上げていた。

先ほどの、金色の髪の少年だった。

髪は自分で脱色したのだろうか、変に黄色みがかった安っぽい色をしている。襟足《えりあし》も頭のてっぺんも黒が見えていた。

片耳に四つずつのピアス。派手な柄《がら》の入ったTシャツに、履《は》き潰《つぶ》してぺたんこになったスニーカー。洗いざらした迷彩のカーゴパンツは、どこかに膝《ひざ》をついたのか妙に汚れている。そのポケットに両手を突っ込んで、じっとすみれを見下ろしている。

初秋の風が吹き抜ける。音を立てて枝葉を揺らすと、木陰の形がゆらりと変わった。

まぶしい陽光がほんの一瞬、少年の顔に深い影を落とした。

「――おまえさ、さっき親がいないって言われてたけど、ほんまなん？」

ぱきりと音すら立てたように、すみれの顔がはっきりとこわばった。

一瞬で腹の底が煮えたった気がした。

着物の裾《すそ》を跳ね上げて、青藍はすみれとその少年の間に割り込んだ。

「どういうつもりや、おまえ」

金髪の少年が慌《あわ》てて一歩後ずさった。

くんっと引かれて振り返ると、綿飴《わたあめ》を地面に落としたすみれが、小さな手で青藍の着物をつかんでいる。

「…………青藍、遅い」

後ろ手にその髪をくしゃりと撫でてやる。着物を握る手に力が籠《こ》もっているのが痛々しくて、腹の底がまたぐつりと煮える。

「おまえ、この子の友だちやあらへんな。年下の女の子をいじめて喜んでる阿呆か？」

「……違う」

金髪の少年はどこか怯《おび》えた表情のまま、青藍とすみれを交互に見やった。

「あんたこそ、だれ？　その子の親やないやんな。顔、ぜんぜん似てへんし」

まるで青藍を品定めするようなその視線に、苛立ちが増す。

「関係あらへんやろ。行くぞ、すみれ」

振り返った先で青藍は目を見張った。すみれが、まっすぐにその少年を睨《にら》みつけていたからだ。

「青藍は、すみれと、お姉ちゃんの茜ちゃんがお世話になってる、おうちの人だよ」

そうして一つ息をついて。震える唇でそうこぼしたのだ。

「すみれの、本当のお父さんとお母さんは――もういないんだって」

その一言に、どれほどの悲しみと勇気が必要だっただろうか。

彼女と彼女の姉を一番大切に想ってくれていた人たちに、もう二度と会うことができない。それをこの幼い子が口にするのに、どれほどの痛みがあっただろう。

かみしめた奥歯がぎり、と鳴った。

文句の一つも言ってやろうと、もう一度振り返って。青藍は眉を寄せた。

金色の髪のその少年が、唇を結んでうつむいている。バツが悪そうに視線を逸《そ》らした。

風で形を変えた木の影が、彼の握りしめた手の甲を優しく撫でていった。

「ごめん……」

消え入りそうな声でそう言って、ちらりと青藍を見上げる。そうしてまたすみれを見た。

「おまえが大丈夫やったら、よかった」

身を翻《ひるがえ》して、逃げるように駆けていく。

青藍はあっけにとられたままその背を見送った。

「なんやあいつ」

「すみれ、知ってるよ」

彼の名前は、平坂篤輝《ひらさかあつき》というそうだ。

中学二年生で、このあたりでは大人たちが眉をひそめる、いわゆるちょっとやんちゃな不良少年であるらしい。

ふうんと青藍は興味なさそうに相づちを打った。

それよりも着物をつかんで放そうとしないすみれのほうが、青藍にとっては大切だ。

足元に落ちたままになっている綿菓子の棒を拾って、近くのゴミ箱に放り投げる。

「新しい綿菓子、買《こ》うたるさかいな……がんばったな、すみれ」

すみれは泣きも笑いもしなかった。ただ青藍の腹に、ぐりぐりとその小さな頭を埋《うず》めている。その頭を撫でてやると、すみれがぽつりと言った。

「すみれ、いつも泣いてないよ」

青藍はぴたりと手を止めた。

いつも、とたしかにすみれは、そう言った。

顔を上げたすみれがちらりと青藍の後ろを見て、またさっと顔をかくす。

振り返った先で、木陰に小学生たちが数人、輪になっていた。ちらりとすみれを見てはくすくすと笑っている。胃の底に爪を立てられたような嫌な気持ちだった。

「あれ、友だちか?」

すみれが首を横に振った。

こぼれそうなほど大きな目は、落ち着かなさそうに瞬《まばた》きを繰り返している。何かを懸命にこらえているように見えた。

「すみれね、お父さんやお母さんがいないことも、青藍のおうちにいることも、普通じゃないってわかってるよ」

「ああ」

「でも、それがだめだってことじゃないって、ちょっとずつ言ってるんだよ」

すみれは青藍たちが思っているよりずっと大人だ。けれど同時に、発展途上の瑞々《みずみず》しく柔らかい心も持っている。

いつも明るく笑っているように見えて、すみれもまた、一人で傷ついているのかもしれない。

「嫌なこと、いっぱい言われたりするんか?」

うなずきも、首を左右に振りもしないすみれは、やがてほろりと言った。すみれの大きな瞳が、ふにゃりと笑みの形に崩れる。

「青藍と茜ちゃんと陽時くんと、あと、あとね。すみれのこと好きって言ってくれるお友だちがいるから、ぜんぜんへいき」

茜とすみれはよく似ている。瞳の奥に年相応以上の哀《かな》しみをたたえて、けれどそれを乗り越える強さを、ちゃんと持っている。

青藍はくしゃりとすみれの頭を撫でてやった。

この小さな命が、無性に誇らしい気持ちだった。

これから——きっとこの先ずっと、この子に向けられる奇異と同情の視線のすべてから守ってやることは青藍にはできない。

けれどせめて、月白邸の自分のそばにいるときは。

この子が安心して笑っていられるようにと、そう思うのだ。

にわかに児童館のほうが騒がしくなった。

「——すみれちゃん、ちょっとこっち来て、早く！」

今度こそ友だちだったのだろう。すみれがぱっと反応した。落ち込んでいたその目が一瞬できらきらとした光を帯びる。

「青藍、行こ！」

駆けだしたすみれのあとを、青藍は慌てて追いかけた。

すみれたちの児童館は古い日本家屋を再利用したものだけあって、入り口は引き戸だったが、今は締め切られている。祭りで使う備品を置いているからだとすみれが言った。

すみれは慣れた様子で、玄関の横をひょいと回り込んだ。

黄ばんだ漆喰《しっくい》の壁がトタン板と錆《さ》びた針金で補強されている。ずらりと並べられた朝顔のプランターから、枯れたツタが壁に立てかけられた緑色の棒を這《は》い上っている。あちこちにまるまるとした種をつけていた。

「早く！」

壁の先、角のところですみれがぶんぶんと手を振っている。だれかがそちらで待っているのだろう。顔を輝かせて、ぱっと角の向こうに消えていく。

「すみれ――」

慌てて角を曲がったそこは、児童館の裏庭だった。

隣の家との境目は、穴だらけの生け垣と青い無機質なフェンス。砂場が設けられていて、スコップやバケツが端に投げ出されていた。足元は古い人工芝が敷かれているが、ところどころめくれ上がって地面が露出している。

大きなプランターのいくつかに、色鮮やかな花が植えられていた。

数人の子どもたちが、庭の真ん中に集まっている。すみれもその中にいた。

隅で肩をすくめているのは、どこか困惑《こんわく》したような大人たちだ。青藍はその中に茜と陽時の姿を見つけた。

「茜」

声をかけると、茜が振り返った。

淡い水色のエプロンを着けていて、いつも下ろしたままの髪は、今日は後ろできゅっと結んでいる。どことなく甘い砂糖のにおいがするから、綿菓子の屋台あたりを手伝っていたのかもしれなかった。

「青藍さん、来てくれたんですね」

「……たまたま、通りがかった」

邸が静かでちょっとばかりさびしかったのだとは言いづらくて、青藍はよくわからない言い訳のあとに、つい、と子どもたちがつくった輪を、視線だけで示した。

「何の騒ぎや？」

茜が戸惑《とまど》ったような表情で、青藍を手招いた。そろって子どもたちの輪の上からのぞき込んだ、そこに――その奇妙なものはあった。

赤い足跡だ。

ぺたり、と一つ石畳に残されている。

大きさは青藍の手のひらの、ほんの半分ほど。裸足《はだし》の子どもの足跡のように見えた。

「なんやこれ」

思わずそう言うと、茜が「さあ……」と困ったように首を横に振った。

「だれかの悪戯《いたずら》かと思うんですが……」

足跡は一つだけではなかった。赤い足跡を一歩目として、その先にぺたり、ぺたりとまるで歩いているかのように続いている。

二歩目は緑。三歩目は青、四歩目はオレンジ……。

足跡の向かう先——児童館に目をやって、青藍はわずかに目を見開いた。

そこは児童館の、幅の広い濡れ縁だった。

足跡はその濡れ縁をぺたぺたと上がって、縁側と室内を隔《へだ》てる重そうな木の雨戸に——

青と緑の手形が一つずつ。

ほんの少し雨戸に隙間が開いている。

それはまるでだれか……たとえば空から庭に降り立った子どもが一人、石畳を進んで、雨戸を開けたとでもいうように。

「——今年も来はったんや！」

だれかがそう叫んだのを皮切りに足跡を追いかけるように、子どもたちが我先にと縁側に駆け上がる。雨戸にとりつくと「せーの！」とかけ声をかけた。

ごつ、がつ、と建てつけの悪そうな音を立てて、雨戸が戸袋に吸い込まれていく。

子どもたちがいっせいに部屋に飛び込んだ、次の瞬間。

わああっと歓声がおきた。

「わ……」

部屋をのぞき込んだ茜が、思わずといったふうに声を上げた。

紫色の風呂敷が広げられた上に——あふれるような色彩がこぼれていた。

菓子だった。

透き通った桃色のフィルムに包まれた、チョコレート。きらきらとした星屑《ほしくず》を閉じ込めたような、金平糖《コンペイトウ》の小さな瓶がいくつか。

青や透明や緑色の、様々な色をした真四角のゼリーが、差し込んだ陽光に照らされて、ステンドグラスのように畳に淡い色をつけている。

それらの隙間を埋めるのはざらりと広がった、おびただしい量のキャンディだ。

イチゴの赤、オレンジの橙《だいだい》、メロンの緑、グレープフルーツの淡い黄色……。どれも透明なフィルムでくるりと左右をひねられていて、宝石ようにきらびやかに輝いていた。

そばに添えられた鬼灯の朱色と、黄と白の菊花が彩りを添える。

まるで、絵具の箱をひっくり返したみたいに、あまりにも鮮やかで美しく。

大人たちはだれもが——青藍さえもしばらく声もなくその光景に見入っていた。

——子どもたちいわく。

「毎年な、地蔵盆には、お地蔵さんが来てくれはるねん」

子どもたちが驚かなかったのは、それが例年のことだと知っていたからだ。一年間ちゃんといい子にしていると、ご褒美《ほうび》にたくさんお菓子をくれるのだという。

「——……いや、それサンタクロースか笠地蔵《かさじぞう》だよね」

縁側と畳を隔てる柱にもたれかかった陽時が、不思議そうに目を瞬《しばたた》かせていた。隣では、茜がそわそわと落ち着きなくあたりを見回している。

茜が自分の体を抱くように身を震わせたのがわかって、青藍は苦笑した。

「茜は案外怖がりやな」

「……わりと苦手なんですよ、怪談とか」

青藍は意外に思った。茜はどこか合理的なところがあるから、怪談話を楽しめても怖がるようなタイプではないと思っていたからだ。

「小さいころは結構好きだったんです。でもお母さんが亡くなってから、夜はお父さんが帰ってくるまで、すみれと二人になるんです」

茜はさびしさの欠片《かけら》も見せずにあっけらかんと笑う。

「そしたら、怪談とかオバケとか怖くなっちゃって……」

「……そうか」

茜は、いつだって悲しさを素直に見せようとしないのだ。

ぽん、と一つその頭を撫でて、ほら、と青藍は縁側の足跡のそばにしゃがみ込んだ。

「安心せえ。たぶん、人間が描いたもんやから」

足跡の一つ一つはのっぺりとしていて、足形を取るときなどにできる濃淡や掠《かす》れがどれにも見られない。

絵具は水彩絵具で、おそらく地蔵に化粧をするために使っていたものだろう。石畳にのるようにこってりと濃く溶かれているせいで、筆の痕《あと》が残っていた。

どれもどこか歪《いびつ》で、そのうえ足跡のそばに指や手についた絵具の汚れが残っているから、不器用であまり慣れていない者が描いたのだろうと想像がついた。

「そっか……よかった」

茜があからさまにほっとしたような顔をするから、それがどこかおかしかった。

「地蔵盆の恒例行事とかなのかな」

陽時が首をかしげた。地蔵盆は地域のお祭りでもあるから、それぞれ工夫を凝《こ》らしたイベントがあるところも多いのだ。

「そうかもしれへんな。このお地蔵さんの足跡も、どうやら毎年のことみたいやし」

青藍はその指を足跡のすぐそばにすべらせた。なめらかに磨かれた板張りの縁側は、古い木材特有の深い艶《つや》がある。

そこにほんのわずか、薄く緑色が滲《にじ》んでいた。

ここだけではない。柱に、雨戸に、そして縁側の板に。ぼやけたような古い絵具の滲みがあるのを青藍は見つけていた。

去年もその前も、もしかするとずっとここには、『お地蔵さん』がやってきていたのかもしれない。

そうなると、奇妙なのは大人たちの反応だと青藍は思った。

これが毎年の行事であるなら、当然大人たちの知るところであるはずだ。だが縁側を取り巻くようにして見守っている彼らは、困惑したように口をつぐんでいる。

大人たちもまた――少なくとも今年に限っては、『お地蔵さん』の正体を知らないのだとでもいうように。

「――茜ちゃん！」

すみれがぱたぱたと走ってくる。その片手が、同じ年頃の友だちの手としっかり繋がれているのを見て、青藍はほっとした。

「見て、すみれももらった。キャンディとゼリー！　どっちもぶどう！」

紫色のゼリーとキャンディは、どちらもきらきらと太陽の光を浴びて、宝石のように輝いている。

「ふうかちゃんもいっしょにもらったんだよ」

ねっとすみれが隣を向くと、その子がおずおずとうなずいた。茜を見て、陽時を見て、そして青藍を見てびくっと肩を跳ね上げる。

隣で陽時がふっと噴き出したのがわかった。

「びびられてるじゃん、青藍。ちょっとぐらい笑ってみせなよ」

「……うるさいな」

こういう小さな生き物には怖がられることが多いのだ。……不本意ではあるのだけれど。

すみれが大丈夫、と大真面目《おおまじめ》にうなずいた。

「青藍はいいこだもん。怖くないよ」

次に噴き出したのは茜だった。

「ふ、ふふ……青藍さんがいいこって……」

「笑うな、茜」

「だって……っ」

そんな、涙が滲むほど笑わなくたってよさそうなものを、と青藍はむすりと唇を結んだ。

「茜ちゃんがすみれのお姉ちゃん。青藍と陽時くんは、すみれの――……」

一瞬ひやりとした。茜と陽時が息を呑んだのがわかる。

「――大事な、お兄ちゃんみたいな人。おうちでいっしょなんだ！」

その瞬間、陽時がぐっと何かをこらえるようによそを向いた。その耳が赤くなっていて、あれは絶対に照れている。

この程度で浮かれるなんていかがなものか。ぼくはそのぐらいで相好《そうごう》を崩したりしない、といかめしい顔つきでも保とうと思うのだけれど。どうも自分も口元がほころびそうでいけない。

ふうかが、そっか、とうなずいた。

「あのね、すみれちゃんのお姉ちゃんとえっと……お兄ちゃんたち？」

その手に招かれて、青藍は陽時と顔を見合わせて、ふうかの前にしゃがみ込む。内緒話をするように、ふうかが小さな声で言った。

「あのね、すみれちゃんはすごくいい子なの。うちがぶどう苦手やから、交換してくれはったんよ」

ほら、と差し出されたふうかの手には、オレンジ色のキャンディがきらきらと輝いている。陽時が笑みを浮かべた。

「そっか。えらいねすみれちゃん。ふうかちゃんも教えてくれてありがとう」

すみれとふうかが顔を見合わせた。すみれが心なしかきりりとした顔をする。

「うん。すみれいい子にしてるんだ。そしたら、来年もお地蔵様がくるんだよね」

うん、とふうかはうなずいた。

そうして、柔らかな京都の言葉で、言ったのだ。

「――うちとこではお地蔵さんが、うちらのことちゃあんと見てくれたはるんやって」

ふいに――耳の奥で蟬《せみ》の声がした。

同じことをそういえばだれかに言われたことがある。同じような柔らかな京都の言葉で。

自分でも驚くほど鮮やかに記憶の扉が開いた。

その言葉がまるで、鍵となったかのように。

顔を上げた先で、陽時と目が合った。

「……おれ、覚えてる」

ああ、おれも思い出した。青藍は声に出さずにそうつぶやいた。

同じ夏の思い出だ。いつだったかひどく暑い夏の終わりで、何日も飽きるほど晴れが続いていた。

すべてを焼くような灼熱の太陽の下。

鬱陶しいほど騒がしい蟬の声。目の前に広がる、鮮やかな朱色。

それは夏と秋を繋ぐ美しい——鬼灯の色だった。

3

——中学三年生の夏だった。

嫌になるほど暑い夏で、八月も半ばを過ぎても一向に涼しくならない。蟬《せみ》の声ばかりがうるさかったのを、よく覚えている。

そのころの青藍《せいらん》といえば、月白邸《つきしろてい》に与えられた自室に籠《こ》もって、毎日ひたすらに絵を描き続けていた。人と関わることが億劫《おっくう》で——たぶん怖かったのだろうと、今になってそう思う。

まだ少年だった青藍にとって、人間は奪うばかりのものだった。

京都に、東院家《とういんけ》という一族がいる。

遡《さかのぼ》れば朝廷や幕府の御用絵師であったという、千年の伝統を持つ絵師の一族だった。

青藍は当時の東院本家の当主、東院宗介《そうすけ》の次男だ。長男である東院珠貴《たまき》とは母が違い、そのために、本家で息をひそめるように生きてきた。

幼いながら青藍は、すさまじいまでの絵の才を発揮した。毎日庭を駆け回りながら絵を描き、やがて師となる月白《つきしろ》に出会ってからは、ますます己《おのれ》の絵に没頭していった。

やがて宗介が亡くなり、東院家は代替わりを迎える。

突然、大好きだった絵を奪われ、抜け殻《がら》のように過ごしたあと。

小学生のある日、月白に連れられて青藍はこの邸《やしき》にやってきた。

月白邸にはすでに、たくさんの芸術家や職人たちが好き勝手に住み着き、入《い》り浸《びた》っていたが、青藍はその賑《にぎ》やかさに目もくれなかった。

月白邸の離れに一人部屋をもらい、月白以外とはだれとも話さず、引きこもってずっと絵を描き続けていた。

いつも一人だったけれど、別にそれでよかった。

自分と絵と、そして美しい色を与えてくれた月白だけがあれば、それで。

中学生のころ、陽時《はるとき》が月白邸に転がり込んできた。

陽時は東院家の分家で、絵具商である紀伊《きい》家の長男だった。青藍と同じように重苦しい家のしきたりから逃げて、月白邸に部屋を与えられた。

人あたりがよく友人が多く──彼女も多く、だれに対しても笑みを絶やさない陽時は、その裏側で自分に向けられるほんものの感情をずっと探していた。

友人というほど、心の近い関係ではなかったと青藍は思う。

ただ歳が近く境遇が似ていて──ともに青い迷宮をぐるぐるとさまよっていた。それだけだった。

「──青藍、陽時。ちょっと付き合い」

その夏の昼間、唐突にそう言ったのは月白だった。

連れていかれた先は近くの広場──地蔵盆の会場だった。

そのころ広場にはプレハブ小屋が建っていて、そこを集会所として使っていた。

冷房もないプレハブ小屋には大きな真白の行灯《あんどん》が用意されていて。月白はそこに絵つけをしてほしいと頼まれたそうだ。

受けるほうも受けるほうだが、頼むほうも頼むほうだと青藍ですら思う。絵師月白と言えば、そのころ依頼が引きも切らない人気絵師で、その絵には冗談みたいな値段がついていた。

　今回の報酬は缶ビール一ケースだそうで、結局月白も近所の人にとってみれば、「怪《あや》しい邸に住む妙に絵のうまいじいさん」という位置づけだったのだろう。

「たまには地域に貢献せななあ」

　けらけらと笑うあのじいさんは、案外そういう地域の集まりが好きで、呼ばれもしないのに顔を出してはたまに鬱陶《うっとう》しがられていた。

　手持ちぶさたになった青藍と陽時は、広場の隅の木陰に、することもなく二人で座り込んだ。太陽の下に黒々と焼きついた木陰は、たまに通る風が涼しくて心地よかったのだ。

　子ども向けの夏祭りは、中学三年生の自分たちにはやや退屈だった。

　ラップの芯を使った輪投げに、ビニールプールが二つ。一つには、色とりどりの水風船が。もう一つはスーパーボールがぷかぷかと浮いている。

　端の屋台は綿菓子だ。どうやっているのか、ピンクや青に色づけされていた。

　フランクフルトに、子どもたちが好きなだけかける、ケチャップとマスタードの、赤と黄色。『からあげ三百円』の手書き看板の茶色に赤に金色。

　木陰が地面に切り取る、くっきりとした黒。夏の終わりのすがすがしいほどの空の青。

　すべてのコントラストがあまりに鮮やかで――ちかちかとして、まぶしくてたまらない。

ひどく落ち着かない心地でいると、陽時が隣で苦々しげに顔をゆがめていた。

「……見てられへん」

このころの陽時はまだ京都の言葉を話していた。眉を寄せて、目の前の祭りから目を逸《そ》らした陽時を見て、青藍はようやく気がついたのだ。

子どもたちがうれしそうに屋台に駆け寄って、五十円玉や百円玉を差し出している。きょうだいなのだろうか、男の子が、小さな女の子に林檎飴《りんごあめ》を渡してやっている。

父親がフランクフルトの屋台にいて、母親が子どもの手を引いていた。友だち同士が輪になって笑い合って、袋に入ったキャンディを分け合っている。

それがまぶしくて……ひどく気に障《さわ》るのだ。

この場所はただただ賑やかで鮮やかで、少し息苦しい。

青藍もそっと顔を伏せた、そのときだった。

「――あんたら、えらい辛気《しんき》くさい顔してはんのやねえ」

顔を上げると、思っているより近くに顔があって、青藍は目を見開いた。

祖母ほどの年齢の女性だった。背が低くふくふくとしている。白く小さくてきゅうっと目が細い。

彼女は篠川《しのかわ》フサといった。

フサは「あてもん」の屋台を担当していた。市販のくじ引きセットを使った屋台だが、当たりが出ると大きな水鉄砲がもらえるのだ。

「月白さんとこの子らやね。あの人も妙なんばかり集めたはるて思てたけど、あんたらみたいな子どもさんまでいたはったんやねえ」

陽時が外向きの笑みを浮かべて、肩をすくめた。

こんにちは、とかどうも、というような形ばかりの挨拶《あいさつ》をすると、フサは、しわしわの白い手を口元に当てて笑った。

そのほこほことした声はどこかほろりと甘く。屋台でふっくらと蒸し上がった白いまんじゅうを、どうしてだか青藍は思い出していた。

「ほら、今日はお祭りえ。そんな暗い顔しててんと、みんなで遊んできよし」

とんとん、と肩を叩かれたその手を青藍は振り払った。

みんなとか家族とかきょうだいとか……友だちとか、そういうのはうんざりだ。

「ほうっといてや。別に……一人でええ」

ふうんと唇をとがらせたフサは、それやったら、とうなずいた。青藍の手をつかんでと立ち上がらせる。

「ほんならやることないしひまなんやね。うちの屋台手伝《てつど》うて」

「……は？」

どうして、と問い返す前に、フサが白い手でぽすぽすと青藍の手を叩いた。

「ええから。この背え高いお兄ちゃんのほうが、あてもん。そっちのにこにこしたはるほうが、隣の水風船やからね」

「あのね、おばあちゃん、おれたちお祭りはやらへんって」

温和さを装った陽時の声にも、とうとう苛立《いらだ》ちが交じる。

だがそれを、フサはあのほこほことした笑顔で一蹴《いっしゅう》した。まるでだだをこねる子どもをなだめるように。

「――ほら、いい子にしとったら、きっとご褒美《ほうび》があるさかいね」

背伸びをしてその手でぽすり、と青藍と陽時の頭を一度ずつ撫でる。

じわり。

固く凝《こご》っていたような胸の内に、染《し》み入《い》るように滲《にじ》むそれのことを、そのときはよくわからなかった。

それは春の日だまりのようで、その声のそばでふらふらと眠ってしまいたくなるような。

ひどくあたたかな感情だった。

――〝あてもん〟の屋台で、子どもたちとじり、と睨み合う。目の前の小学生がびくっと肩を跳ね上げて一歩下がるから、青藍はイライラと眉を寄せた。

「早《はよ》う」

子どもがなかなか差し出さない百円玉に焦《じ》れたのだ。途端に後ろから、ぺしりと背中をはたかれた。

「そんな怖い顔したあかへんよ。お商売は笑顔が基本え」

「……冗談やろ」

「ええから。いらっしゃいませ、て言うて笑てみ。ほら」

「いらっしゃいませ」

「笑顔が足りてへんえ」

「…………いらっしゃいませ！」

半ばやけになって無理やり笑うと、目の前の小学生が馬鹿にしたように、ふんと鼻を鳴らした。

「お兄ちゃん、それ笑《わろ》てんの？」

「うるさい」

子どもが差し出した百円玉を奪い取るようにして、代わりにくじ引きの箱をどんっと前に置いてやる。

隣の水風船売り場で、陽時がこっちを見ながらにやにやしているのが癪《しゃく》に障った。途端にフサの鋭い声が飛んだ。

「あんたも、ぼんやりしてんとちゃんと風船足して。青が一個もあらへんえ」

陽時が慌《あわ》てて黄色いポンプで青い風船を膨《ふく》らまし始めたのを見て、青藍は「ざまあみろ」とぼそりとつぶやいてやった。

子どもたちから小銭を受け取って、くじ引きの箱を渡して、番号に応じて景品を取ってやる。その隣で陽時が、せっせと風船を膨らませてはビニールプールに投げ込んでいた。

まったく、いいように使われている、

何度か逃げてやろうかと陽時と目を合わせるのだが、不思議なことにそのたびに、フサがそっと話しかけてくれるのだ。

その声が柔らかくて優しくて。……悔しいことに、もう少しなら仕方がないな、なんて思わせるのだ。

結局、青藍と陽時が解放されたのは、屋台が終わる夕暮れ時だった。

夏の暑い中で動き続けて限界だった。陽時と二人して、広場の隅の縁石に座って、立てた膝《ひざ》の間にぐったりと顔を埋める。ぽたりと汗がしたたった。

普段引きこもっているツケか、声はガラガラで体中あちこちが痛い。

「──あんたら、後ろ見てみ」

フサの声がした。今度は何だと、鉛《なまり》のように重い体をのろのろと動かして振り返る。

その先に──目に鮮やかな朱色が広がっていた。

「鬼灯《ほおずき》や……」

ふっくらとした実をいくつかつけた鬼灯の枝が一つ。それから、どういうわけかラムネの瓶が二本、西の空に傾いた太陽の光を浴びて、縁石にゆらゆらと波紋のような模様を描いている。

たっぷりと表面に汗をかいていて冷たそうで……思わずごくりと喉《のど》が鳴った。

「──お地蔵さんや！」

子どもたちの声が割り込んできた。何人かがぱたぱたとこちらに駆け寄ってくる。

「お地蔵さん？」

陽時が問うと、そのうちの一人が大きくうなずいた。

「うん。今日は地蔵盆やからね、お地蔵さんが来てくれはってね、一年間ええ子にしてるとご褒美くれはるんよ」

青藍と陽時は顔を見合わせて、傍《かたわ》らでほこほこと笑っているフサを見やる。

その指先から、ぽたりと雫《しずく》がこぼれ落ちる。何か濡れたものをさわったような──たとえば氷がいっぱいのビニールプールから、冷たいラムネの瓶なんかを引き上げたような。そんなふうに見えた。

「お地蔵さんねえ」

陽時が肩をすくめて、ラムネの瓶に手を伸ばした。青藍も『お地蔵さん』がだれなのか、もうどうでもいいと思えるほど、喉が渇《かわ》いていた。

傾けた瓶が、青から橙《だいだい》に染まり始めた空を透かす。

一気に飲み干した瓶の真ん中で、ころりとビー玉の軽やかな音がした。

「言うたやろ。ええ子にしてたら、ご褒美があるんえ」

「おばあちゃん、おれたち中学生だからさ。もう子どもやないよ」

陽時が肩をすくめる。

「うちみたいなおばあちゃんにしたら、あんたらはみいんな、大事な大事な子どもみたいなもんえ」

――もし、と今でも青藍は思う。

もし自分の父や母が。あるいは祖父母や……兄や兄の母が。その人たちが、だれか一人でも、フサのようにあの不思議な柔らかくあたたかい手を持っていたら。

あのほこほことした声で、大丈夫だと。ここは何より安心なのだと、そうっと頭を撫でてくれたのなら。

　真昼のまぶしい世界に、青藍もいられたのだろうか。

「一人がさびしいなったら、いつでもここに来よし。うちとこでは、お地蔵さんがあんたら子どもを、ちゃあんと見てくれたはるんやから」

　右手は、青藍。左手は陽時。

　それぞれの頭をくしゃくしゃと撫でて、その手が離れていく。

　その蒸したての甘いまんじゅうのような声に、ほんの一瞬でも泣きそうになったのは、一生心の中に伏せておくことにした。


　――その帰り道。

　捨て損《そこ》ねた空《から》のラムネの瓶と、二人で真ん中から分けた、鬼灯の枝を手慰《てなぐさ》みにもてあそんでいる二人に、前を歩いていた月白が得意げに言った。

「あのばあさんに会《お》うたか？　鬼灯がよう似合う美人さんやろ」

「……あんなん、どっちか言うたらまんじゅうやろ」

　ぼそり、とそう返した青藍に、振り返った月白が呆《あき》れた様子で言った。

「おまえ、そんなんで女の子にモテへんやろ」

　モテなくて結構だ。隣で笑っている陽時を苛立ち紛《まぎ》れに睨みつける。

「ええか青藍。美しいていうのは、見目麗《みめうるわ》しいいうことやない。……あのばあさんは、ほんまに美しい人なんえ」

そういうものだろうか、と青藍は思う。

月白は「いつかわかる」と言って、またふらふらと歩きだした。

空は夕暮れと夜の間の染み入るような深い青。世界がようやく、賑やかでまぶしい昼間から、静かで美しく色のない夜に移り変わっていく。

いつもならほっとするはずが、今はどうしてだか心がすっと冷たくなるような心地がしていた。

これを、なんと言うのだったか。

そう思っていると月白が、ふいに空を見上げて言ったのだ。

「夏の終わりは、ちょっとさびしいなるさかいな」

ああそうだ、そうして人恋しい。

「月白邸に戻ろうか」

月白の言葉に、青藍も陽時も言葉を交わすことなくうなずいた。

手の中の朱色の実が、夜の青に鮮やかに映《は》える。

鬼灯は提灯《ちょうちん》に見立てられることがあるそうだ。夜の闇にぽつりと淡く灯《とも》る、あたたかな光だ。

それはきっとこの時間でもやかましく騒がしい、月白邸の姿に似ていると。

たしかに、あのときの青藍はそう思ったのだ。

4

——ラムネの瓶の上にキャップをのせる。思い切り押し込むとかたんと音がして、ビー玉が瓶の中を泳ぐのが見えた。

あふれる前に口をつける。炭酸がしゅわしゅわとはじける。染《し》み入《い》るような甘さに、青《せい》藍《らん》は無意識に眉を寄せた。

傍《かたわ》らで陽時《はるとき》が笑った。

「似合わないねえ、そういう爽《さわ》やかな飲みもの」

「おまえこそ」

青藍は鼻で笑ってやった。陽時の手にも、同じラムネの瓶が握られていた。

児童館のそばの木陰で、あの縁石に二人で腰掛けている。

懐《なつ》かしくなって、というのは感傷的で嫌だなと青藍は思う。でもほかに言葉が見つからない。このどこかぬるいラムネの味が、今はひどく恋しく感じた。

夏の小さな思い出だったけれど、そういうものが積み重なって今の自分ができていると、今は自然に思うことができる。

出会ったたくさんの人たちが、どうしようもなく鬱屈《うつくつ》していた自分に、繰り返し丁寧《ていねい》に教えてくれていたのだと。やっと今になってわかる。

一人が好きなことと、一人ぼっちでいることは、少しも同じではない。

青藍は瓶の中のラムネを飲み干した。

あの夏、青藍が手を伸ばせば……そういえばあの人の背があった。

「盆が終わってしもたなあ」

空を仰《あお》ぐ。地上はこんなに暑いのに、からりと乾いた風の吹く空は、もうすっかり秋の気配がした。

「帰っちゃったかな、月白《つきしろ》さん」

陽時がくすりと笑った。盆は死者の霊が家族のもとに戻ってくる日だ。

「十六日に送り火があったからな」

京都では毎年、八月十六日に五山《ござん》送り火として、大文字山《だいもんじやま》の『大』の字など、山に炎で文字を描く。死者の霊を天へ帰すために行われるそうだ。

「あの人のことだから、案外そのあたりをうろうろしてたりしてね」

「地蔵盆が終わるぐらいまでは、いたはってもおかしないか……」

青藍はふ、と笑った。

児童館のそばが騒がしくなった。締め切られた引き戸の前、前庭に鮮やかなブルーシートが敷かれている。そこに大人たちが白い行灯《あんどん》を一つ、二つと置いていくのが見えた。

行灯の絵つけが始まったのだ。

ここの地蔵盆では夜、行灯に火を入れて広場に飾りつける。それに地域の子どもたちが好きな絵を描くのが習わしだった。

エプロン姿で子どもたちを手招いているのは、茜《あかね》だ。すみれがいの一番に走ってきて行灯の前に座り込む。

「いつのまに、すっかり馴染《なじ》んじゃってるねえ、茜ちゃんもすみれちゃんも」

陽時の手の中でからりとビー玉が鳴った。

すみれのそばには、ふうかや、同じ年頃の友だちが数人集まっていた。真ん中で笑うすみれが楽しそうで、青藍はどこかほっとした。

「……いろいろ、言われてたんやて」

陽時が視線だけでこちらを見た。

「すみれが、そういうようなことを言うた。親がおらへんこと……うちに、住んでるていうこと。近所の子らに言われることもあるんやろ」

「そう」

陽時の口調にはわずかな悔しさが滲《にじ》んでいる。

「気づかなかったね、おれたち」

彼女たちの歩いていく未来に、手助けできることはどれほどだろうか。悩んだときに、困ったときに手を差し伸べてやれることのほうがきっと少ない。

それは夏の暑さに倦《う》んで、あのほろほろとした優しい声に揺り動かされた、心の弱さがこぼれたのかもしれない。

「せめて……佑生《ゆうき》さんたちのとこにいてたら、こんなふうやなかったかな」

陽時の淡い色の瞳が、ちらりとこちらを向いた。

「珍しいね。弱気になってんの？」

「そういうわけやない」

でもときどき考えるのだ。

「……茜とすみれが、学校とか近所で、一人になったりせえへんやろうか」

青藍が茜とすみれを引き取ったのも——それは月白が亡くなったあとの泥濘《でいねい》に沈んだ心

の中で、課題の絵を完成させるためだけの褒《ほ》められた理由ではなかったけれど――あの家から二人を連れ出したことも、後悔しているわけではない。

でもぼくたちは、歪《いびつ》な家族だ。

茜とすみれがここにいるのは、本当に彼女たちのためだろうか。ただ自分が――……ときおり訪れるあの、ぽかりとしたさびしさを、埋めるために手放せないのだろうか。

陽時が、はあ、と大仰《おおぎょう》に嘆息《たんそく》した。

「青藍、おまえだけは二度と、それを言うなよ」

荒れた物言いになるのは本当に苛立《いらだ》っているからだ。いつも柔らかい言葉遣《づか》いが、幼いときからともにいる青藍の前では崩れることがある。

「最初にどんな理由があったって、あの二人を何より大事に幸せにするんだよ。それが二人を引き取ったおまえの責任で……止めなかったおれの責任だ」

それに、と陽時がぶすりと頬を膨《ふく》らませた。

「……茜ちゃんたちが笹庵《ささあん》の家にいて、幸せなわけねえよ」

茜とすみれは、父が亡くなってからの半年間、叔父《おじ》である東院《とういん》佑生の邸《やしき》で過ごした。東院家の分家で、庭に瑞々《みずみず》しい笹が茂っているから笹庵と呼ばれていた。

本来二人は父親の実家である笹庵で暮らすのが当然で、表向きの保護者は今でも二人の叔父である佑生だ。青藍が月白邸で引き取って世話を請《う》け負《お》っているという形になっていた。

「樹《いつき》さんのことも比奈子《ひなこ》さんのこともひどいように言われてさ。どんな理由があったって、そっちのほうが幸せなんてことはない」

差し込んだ日の光がひどくまぶしかった。

「大丈夫だよ。あの二人は、おれたちみたいにはならないから」

陽時がどこか祈るようにそうつぶやいた。

ああ、そうだ。青藍はぐっと唇を結んだ。

彼女たちは一人にはならない。茜もすみれも一人ぼっちがさびしいと、ちゃんと知っているからだ。

そして二人のそばには、青藍と陽時がいる。

大事なお兄ちゃんみたいな人だと言ったすみれの言葉を、ぼくたちは決して裏切らない。

──さて、と青藍は立ち上がった。

結局あれから、地蔵盆を訪れたことは一度もない。陽時は東京の高校へ進学したし、青藍は相変わらず引きこもってばかりだった。

けれどあの夏の一日はたしかに青藍と陽時の心に、大切にしまわれている。

「ぼくらも大人になったさかいな」

もう子どもではないから。だれかの『お地蔵さん』になることができるのだ。

あたりを見回して、そうして青藍は、ほうと息をついた。

「……今年は、あてもんがあらへんのやな」

夏の空は、ゆっくりと夕暮れに傾いていく。

5

──児童館の裏庭に回る。縁側に腰掛けると、すっと通る風が心地よかった。

半分ほど開けられた木の雨戸の向こう、障子《しょうじ》はすべて開け放たれていて、玄関先まで見通すことができる。

前庭で行灯《あんどん》に色つけをしている子どもたちの声が、どこか遠くで聞こえた。

縁側には、まだ色とりどりの足跡が残されたままだ。菓子は子どもたちがすっかり持っていってしまったのだろう。畳の上に鬼灯《ほおずき》が一つ、名残《なごり》のようにころりと転がっている。

「……おれに、何か用ですか」

少し距離を開けて裏庭の石畳に立ったまま、気まずそうによそを向いているのは、平坂《ひらさか》篤輝《あつき》だった。

相変わらず木陰でぼんやりとしていたから、付き合え、とここへ誘ったのだ。何を察したのか、篤輝はおとなしく青藍《せいらん》のあとをついてきた。

青藍はふい、と雨戸についた小さな手の痕《あと》を見やった。

子どもたちにたくさんお菓子を持ってきた、『お地蔵さん』の手の痕だ。

青藍が何でもないように切り出した。

「――おまえがやったんやろ」

途端に篤輝がぐっと眉を寄せた。

「……お地蔵さんが来はったんや」

「そうやな。でも少なくともそのお地蔵さんは、去年までのとは違う」

鮮やかな緑色の足跡とは別に、くすんだ古い絵具の滲《にじ》みがある。それはかつての『お地蔵さん』の足跡だった。

ぼやけたわずかな痕跡からでもわかる。一つ一つは丁寧《ていねい》で、大きさもそろっている。手慣れただれかのしわざだ。

けれど今年の足跡は絵具の濃さがまちまちで、擦《なす》りつけたような指の痕があちこちに残っていた。

「去年の足跡の真似して描いたんやろうけど、今年のお地蔵さんはずいぶん不器用や。筆にも絵具にも慣れてへん」

ふ、と青藍が口元だけで笑った。そうしてちらりと篤輝を見やる。

「膝《ひざ》に絵具ついてる。どうせ、膝立ちして描いたとき、汚れたんやろ」

篤輝は自身の迷彩柄《がら》カーゴパンツを見下ろして、やがてため息交じりに髪をかきまぜた。

「うん、おれ」

もとより隠し通すつもりもなかったのだろう。篤輝はあっさり認めると、青藍の隣に腰掛けた。よっと体を伸ばして、転がっていた鬼灯の実を拾い上げる。

「……今年は、おれがお地蔵さんやらなあかんて、そう思たから」

手のひらで握りしめられた鬼灯が、ぱつりと小さく音を立ててはじけた。あ、と目を見開いて、そうして篤輝はそこで初めて、ひどくさびしそうな顔をしたのだ。

——平坂篤輝の母は、篤輝が小学五年生のころ、突然家を出ていった。

母はいつもきれいな人だった。艶《つや》のある長い髪をくるりと巻いて、爪の先には金色のネイル。ロングコートの下には体にぴったりと沿うようなニットワンピース。黒いブーツの向こうに、キャリーケースが見えた。

行ってくるね、と母は言った。どこに行くのかは言わなかった。
二、三日もすると、篤輝もおぼろげながら理解した。母は、自分と父を捨てたのだ。
「そんで、まあ……わかりやすくこうなった」

篤輝は肩をすくめて両手を広げてみせた。隣に座っている、自分よりよっぽど目つきの悪いその大人が、眉間《みけん》の皺《しわ》をさらに深くしたのがわかった。

久我《くが》青藍というらしい。平安神宮《へいあんじんぐう》の北にある、大きな邸《やしき》に住む人だ。

顔立ちは整っているのに、その切れ長の瞳がやや凄《すご》みを帯びていることと、額《ひたい》に刻まれた深い皺が人を寄せつけなさそうだった。

――そのうち篤輝は、世の中の何もかもが嫌になった。

自分が悪かったのだと諦《あきら》めたように笑う父も、同情的な学校の教師も友だちだった人間も、教室で楽しそうに笑っている、関係のないクラスメイトもみんな嫌いだ。

だれかの笑顔を見ていると、自分ばかりが苦しい思いをしているような気がした。

学校にあまり行かなくなった篤輝は、そのままだらだらと小学校を卒業し、中学校に押し込められた。その中学校も入学してすぐ休みがちになり、半分も登校しなかった。

日中は父のいない家で、ゲームをしてマンガを読んで過ごす。父が帰ってくると家を抜け出して、河原町《かわらまち》や寺町《てらまち》の繁華街をあてもなくぶらついた。

いつも一人だったけれど、それでいいと思っていた。

篤輝が『お地蔵さん』と出会ったのは、そんなときだった。

去年の夏、地蔵盆の日。

暑かったのと、自販機で買うより安かったから、広場に立ち寄ってジュースを買った。子どもたちが半ば好奇心で、半ば怖々と自分を取り巻いているのがわかる。

学校に行っていない、近所の不良のお兄ちゃんだと。自分がそう言われているのを篤輝は知っていた。

鬱陶《うっとう》しかったからジュースだけを買って、さっさと出ていこうとしたときだ。

ぽん、と小さな手が篤輝の肩を叩いた。振り返ると、白くてふくふくとしたばあさんがいた。

——あんた平坂さんちの子やろ。ひまやったらあてもん手伝《てつど》うて。

嫌だ、と篤輝は眉を寄せた。それでもそのあてもんのばあさんは、篤輝の手を引いて屋台の前まで連れていった。

これが小銭入れ、これがくじ引きの箱。細かに説明してくれるその人に、篤輝は吐き捨てた。

——やかましいねん、やらへん言うてるやろが。死ねよ。

今思うとひどい暴言だが、ばあさんは顔色一つ変えずに、その白い手で篤輝の手をぎゅっと握りしめてくれた。

──悲しいから、そんなん言うたらあかん。

その声はほこほことしていて、あたたかくて。篤輝はどうしてだか冬のコンビニで熱々にあたためられている、甘いあんまんを思い出した。

──ええ子にしてたら、お地蔵さんがきっとご褒美《ほうび》をくれるさかい。

そうしてその声は、あのとき突然おいていかれて、玄関でぽつんと母を待っていたときの、小学五年生のままの篤輝の心を。

ぎゅっと抱きしめてくれたような気がしたのだ。

それから一日中あてもんの屋台を手伝って、声も出ないほどぐったりと座り込んだ先で。

篤輝は、『お地蔵さん』からご褒美をもらった。

「……ラムネか？」

すぐ隣のその人がそう言って、篤輝は目を見開いた。

「なんで知ってんの？」

そう問うと、その人はきゅうと目を細めた。そうしてふん、と笑う。

「ぼくもお地蔵さんにもろたことあるから」

「……そう」

篤輝は笑った。たしかにラムネだった。

あのばあさんは篤輝がそこでぬるくなったそれを飲み干すまで。ずっとそばにいてくれたのだ。

「……ばあさん、言ってくれたんや。おれに……」

――ほんなら、また来年。

目をつぶれば、その言葉のあたたかさも、ばあさんのしわくちゃで柔らかな笑顔も全部思い出せる。

おれの来年を思ってくれる人がいるんだと。

そう知ったとき、泣きそうになった心のことも。

学校に行ってみようかと思ったのは、サボるとばあさんがまたうるさそうだな、と思ったからだ。だれかと友だちになってみようかなと思ったのは、面白いばあさんがいるんだと教えてやりたかったからだ。

一年間いい子にしていれば、『お地蔵さん』はまた自分を褒《ほ》めてくれる。

あてもんの屋台を手伝ってやって、仕方ないから重い荷物も持ってやって、隣の水風船も膨《ふく》らませてやってもいい。

そしたらまたラムネをもらって。あのばあさんと一緒に飲むんだ。

――でも、と。

自分の顔がくしゃりと崩れたのが、篤輝もわかった。笑おうとして失敗した。

「今年、お地蔵さんは来ないんだってさ」

それを篤輝が知ったのは、今年の地蔵盆の一週間前だ。父がふいに、最近ようやく一緒に摂《と》るようになった夕食の席で言ったのだ。

――篠川《しのかわ》さんとこ、今年が初盆《はつぼん》やね。

だれだそれ、と思った。でも父は妙に訳知り顔だった。

――去年お世話になったんやろ？　地蔵盆の、あてもんのおばあさんやで。亡くならはったんや。

自分の全部が、凍りついたような気がした。

ああ、そうか。

もう自分に『お地蔵さん』は来ないのだ。

こんなに感情がぐちゃぐちゃになる瞬間があるなんて、知らなかった。

大好きな人が死んだらこんなに悲しいだなんて、だれも教えてくれなかった。

今まで口癖《くちぐせ》のように笑いながら吐き捨てていた「死ね」も「消えろ」も、からからに乾いた葉っぱのように軽かったのだと知った。

だれかが死ぬって、こういうことだ。

布団にくるまって転がって、ともすると叫びだしそうになる夜が過ぎて。

次の日の朝、洗面所で、真っ赤になった自分の目を鏡越しに見つめたとき。ふいに思ったのだ。

今年は『お地蔵さん』が来ない。

もし困ったり悩んだり、どうしていいかわからなくて、突然学校に行かなくなったり、人に簡単に「死ね」と吐き捨てるような。おれみたいな馬鹿がいても。

今年はだれも、寄り添ってくれないんだ。


青藍は、胸の奥から息をついた。

そうか……あの人はもういないのか。

「……ぼくらのときから、ばあさんはずいぶんばあさんやったから。大往生《だいおうじょう》やったんやろ」

小さくうなずいた篤輝は、自分の目からこぼれたものを、かたくなに涙だとは認めなかった。

「絵具は学校のやつ。飴《あめ》とかお菓子とか……あと花と鬼灯は買ってきた」

そうして人目のない時間を見つけて、石畳から縁側を抜けて歩く足跡と、雨戸についた手の痕を描いたのだ。

かつての『お地蔵さん』をなぞるように。

「……それで、おれのこと大人に言うん？」

べつにええけど、と篤輝が肩をすくめた。

「いや。たぶん、知ってはる人もいたはったやろうし」

だから大人たちは、困惑《こんわく》していたのかと青藍は納得した。フサのことも、毎年やってくる『お地蔵さん』のことも、大人たちは当然知っていただろうから。

それでも菓子に喜ぶ子どもたちを止めなかったのは、だれかが……たとえば『お地蔵さん』をとても大切に思っていただれかが、今年からその役目を継いだのだと。そう気づいたからかもしれない。

青藍は縁側から腰を上げた。

「別にぼくは犯人捜しをしたくて来たんやない。おまえに……礼を言いに来た」

きょとんとした篤輝を見下ろした。

「あのとき、すみれのこと心配してくれたんやろ」

木陰で篤輝が、すみれと向かい合っていたときだ。

すみれがほかの子どもたちから、興味や好奇心のままに心無いことを言われていることに気がついたのだろう。だから声をかけたのだ。

一年前の自分のように、すみれがだれかを必要としているのではないかと、そう思ったから。

「ありがとうな、すみれを一人にせんといてくれて」

ぐ、と篤輝がうつむいた。首を横に振ってそうして顔を上げた。手首で涙を拭《ぬぐ》って、別に、とうそぶいてみせる。

「おれも、助けてもらったから」

年に一度、ここにはお地蔵さんが来る。

子どもたちに寄り添って、大丈夫だよ、と肩を叩いて微笑んでくれる、優しい人が来る。

「ぼくも、もう一度会いたかった」

そうしたら何を言っただろうか。

あのときあんたが言ったことを、すぐに理解するのは難しかった。あれからもずいぶんと一人で過ごしたし、一人と孤独の違いを知らないままだった。

でも今は違う。

一人は好きだ。けれどぼくはもう、だれかがそばにいる安心感も知っている。

歩いてきた道を振り返ったとき、たしかに自分のそばには、たくさんの支えてくれる手があったのだと。やっと理解することができた。

そうしてそれは、あんたのおかげでもあるんだよと。

今は遠くに行ってしまった、ふかふかのおまんじゅうのようなお地蔵さんに、そう伝えたいと思ったのだ。


空は橙《だいだい》色と青を混ぜた、夕暮れのほんの少し手前。うだるような暑さが過ぎ去って、頬を撫でる風は涼やかだ。

子どもたちの大半は夜の花火の前に夕食を摂るため、一度家に戻っている時間帯だ。すみれも、陽時《はるとき》が一度月白邸《つきしろてい》に連れて帰ってくれたそうだ。

児童館の表庭、ビニールシートの上にいるのは、青藍と篤輝、そして茜《あかね》の三人だけだった。玄関と広場の明かりのおかげで、この時刻になってもまだ手元は十分に明るい。

「筆も絵具も、どれを使ってもいいよ」

茜が、一度しまいかけていた白い行灯を篤輝の前に置いた。四角に組みたてた細い木の枠に、ぴんと和紙が張られている。

——こいつに行灯を描かせてやってほしい。

そう言って青藍が篤輝を連れてきたとき、茜は少し驚いただけで、すぐに準備をしてくれた。

篤輝の持っている鬼灯と泣きはらした赤い目で、何かを察したのかもしれなかった。

筆を握ったまま戸惑《とまど》っている篤輝に、青藍は鬼灯の枝を一房《ひとふさ》、投げ渡してやった。

「できれば鬼灯の絵がいい。鬼灯は提灯《ちょうちん》代わりや」

鬼灯は提灯に似ている。盆では死者をこちらへ迎えるときの目印になるそうだ。

「ばあさんに、おれはここにいるて教えてやれ」

篤輝が一瞬、ぐっと息を呑んで。照れ隠しのように顔を背《そむ》けた。

「おれ、絵へたくそなんやけど」

それを聞いて、くすりと笑ったのは茜だった。

「いいんだよ」

優しく篤輝の顔をのぞき込む。夕暮れの茜色の名残《なごり》がその瞳に揺れている。

「上手とか下手《へた》とか、そんなのどうでもいいの。きっときみが描くことに意味があるんだと思うよ」

「……そっか」

それきり篤輝は押し黙ったまま、ゆっくりと筆を進め始めた。

たしかに手や頬に絵具がぱたぱたと散っていて、その筆遣《ふでづか》いは器用とは言い難いけれど。とても丁寧《ていねい》で一生懸命で……大切に、大切に描いているとわかる。

人が懸命に絵を描く姿は美しいと青藍は思う。

心をのせているとわかるから。

茜がふと顔を上げて児童館の中へと戻っていった。その背を追うように青藍も立ち上がる。

「じゃあ、ぼくは帰る」

ぎょっと顔を上げたのは篤輝だった。

「いや、待って」

茜が消えていった児童館の入り口と青藍を交互に見やって、篤輝が察してほしそうにぶんぶんと首を横に振った。

「なんや、もう大丈夫やろ」

「や……だって女と、二人でってておれ無理やって」

「ああ?」

自分でも、そうそう出したことのない低い声が、こぼれ落ちたのがわかった。

「なんやおまえ、茜に手ぇでも出すつもりか?」

「言うてへんやん、そんなん一言も！」

　ぴょんっと飛び上がった篤輝は、ビニールシートの端で、行灯を抱《かか》えるように小さく縮こまった。

　なんだか無性《むしょう》に苛立《いらだ》って、青藍は再びのそり、とビニールシートの上に座り込んだ。ほかに人がいないのをいいことに、ゆったりと体を伸ばして片膝《かたひざ》を立てて肘《ひじ》を置く。

　そこに茜が児童館から戻ってきた。腕には行灯を抱えている。

「青藍さんも、一つ描きませんか？　まだ余っているので」

　外灯の下でその行灯を前に考えて。やがて「そうやな」と一つつぶやいた。

　筆を握る。

　適当な紙の切れ端をパレット代わりに、絵具をチューブから押し出す。赤と黄色、オレンジ、白……。アクリル絵具は久しぶりだ。光沢《こうたく》のある絵具を端から筆の先ですくって、水を吸いやすい和紙に、滲《にじ》まないよう濃いめに色を混ぜ合わせる。

　たとえばこの夕焼けの終わりを感じさせるほの暗い紅《くれない》。目の覚めるような鮮烈な朱色。ろうそくの明かりを思わせる橙。ふかふかのあたたかさを出すには、血色のいい頬みたいな淡い桃色。

　するりと行灯に筆をすべらせる。

墨描きの輪郭《りんかく》、細面《ほそおもて》よりはふっくらとした曲線は、ほこほことまんじゅうのように甘くてぬくもりのある声を思い起こさせる。

背景は夏と秋の狭間《はざま》の不思議な色の空。夏の終わりを感じさせる、赤とんぼを一匹。

篤輝が、手を止めてこちらにじっと見入っている。

隣で座り込んだ茜が、自分の手元に視線を注いでいるのがわかる。

茜は青藍が絵を描くところを見るのがたぶん……うぬぼれでなければ、好きなのだと思う。ちらりと見やったその瞳は、きらきらと輝いていて、口元がほろりとほころんでいるから。

全身でその絵を、美しいと……そう思ってくれているとわかるから。

なんだか無性《むしょう》に気分がよかった。

ほんの三十分ほどで青藍は筆を止めた。ことり、と青藍が筆を置いた瞬間、止まっていた時間が再び動きだしたように、篤輝と茜がそろって息をついた。

行灯に描いたのは、鬼灯を両手で持つ女性の美人画だ。

手の中の鬼灯は鮮やかな朱色に色づいて、まだ行灯に火を灯《とも》してもいないのに、中央は明るく縁はやや薄暗く、まるでぼんやりとあたりを照らし出しているかのようだった。

「美人さんですね……」

茜がため息をこぼすようにそう言った。

「ああ、そうやろ」

美しさは見目麗《みめうるわ》しいということではないのだと。あのとき月白が言ったことを、青藍はもうちゃんと理解している。

人はいつだって、人の心を美しいと思うのだ。

ああでも、と茜は肩を震わせてくすりと笑う。

「ちょっと、おまんじゅうみたいですね」

青藍と篤輝は思わず顔を見合わせた。

ああ、そうなんだよ。

小さくてほこほことあったかい声をもつ。

この美しい人が、いつだってそばにいてくれた、この地域の『お地蔵さん』なのだ。

6

――極彩色《ごくさいしき》の火花が夜の闇に散る。ぱらり、ぱらりとこぼれ落ちる橙《だいだい》色の炎が、地面にぶつかってころりと跳ねた。

「すみれ、危ないから振り回さないの!」

手持ち花火を持って走りだしたすみれを、茜《あかね》が慌《あわ》てて追いかける。すみれの後ろを、夜闇を透かす尾びれが追った。浴衣《ゆかた》の帯だ。

その浴衣には赤と桃色の大ぶりの金魚が泳いでいて、帯はくしゃりと膨《ふく》らんだ柔らかな素材のリボン。駆け回るとひらひらと帯の先が夜に舞った。

茜もいつの間にか浴衣に着替えていた。紺地《こんじ》に大ぶりの牡丹《ぼたん》、紗織《しゃおり》の帯は灰色に近い白で、すみれとおそろいになるように端に金魚が泳いでいる。

「あんなん、いつ仕立てたんや?」

明らかにどちらも安い仕立てではない。隣を見やると陽時《はるとき》が肩をすくめていた。

「借りたんだよ、朝日《あさひ》ちゃんのところから」

見汐《みしお》朝日は、かつて祖母が月白《つきしろ》と知り合いだった少女だ。今は麩屋町通《ふやちょうどおり》にある着付け教室を手伝っている。

「おれは新しく仕立ててあげてもよかったんだけど、茜ちゃんに怒られるじゃん」

大人二人は手を変え品を変え甘やかしてやりたいのに、それをよしとしないのが茜の性格と、そして矜持《きょうじ》でもあるのだろう。

陽時から渡された缶ビールを開ける。口の中ではじける炭酸が、あの夏のラムネを思い起こさせた。

「……あのばあちゃんさ、結構早くに旦那《だんな》さん亡くして、子どももいなかったんだって」

陽時がウーロン茶の缶を持ったままの手で、つい、と児童館の前を指す。そこはすっかり大人のための宴会場に変わっていて、昼の屋台を終えた大人たちが、酒やジュースを手にあちこち座り込んでいた。

「あっちでみんな話してた。あのばあちゃんも一人でさびしくて、だから世話焼きになったんだってさ。お地蔵さんのふりして毎年お菓子を配ったり、子どもたちにかまったりしててさ……いいばあさんだって、みんな言ってるよ」

大人たちの顔はみな笑っている。その真ん中にひと枝、鬼灯《ほおずき》があるのを青藍は見た。

あの人は、あんなふうに亡くなってからも笑顔で語られるような人であったのだと、そう思う。

見上げた空は、地上の炎の華の明るさをうつして、今は星が見えなかった。

「——青藍《せいらん》さん、火消えてますよ」

「あ……」

茜がぱたぱたと駆け寄ってきて、青藍の足元にある大きなろうそくに火を灯《とも》した。

青藍と陽時は、ろうそく番である。広場の何カ所かに大人が待機していて、その前にろうそくが立てられている。花火を持った子どもたちがそこに火をもらいに行くのだ。

「それから、青藍さんのとこだけ肝試《きもだめ》しみたいになってるんです。もうちょっと朗《ほが》らかにしてください」

ふは、と真横で陽時が噴き出した。

じろりと周りを見やると、手に花火を持った子どもたちに、いつの間にかじわりと取り巻かれていた。どうやらあの目つきの悪いやつのところに、火をもらいに行ったものは英雄になる、というような遊びになっているらしい。

「……ぼくは妖怪かなんかか」

茜がくすくすと笑った。そのたびに浴衣の裾《すそ》にあしらわれた牡丹の花びらも、ふわふわと揺れる。それから花火の先端を、青藍の足元のろうそくに近づけた。

しゅ、と音がして黄金《こがね》色の炎が噴き出した。

夜の闇を裂いてまばゆく輝く。ぱらぱらと火花が飛んで、やがて翡翠《ひすい》を砕いたようにきらめいて——。鬼灯のような朱色の炎へ変わる。

座り込んでその炎を眺めていた茜が、ほろりとこぼした。

「みんな知らないんですよ。青藍さんが優しいこと」

もったいないですね、なんて牡丹を揺らして笑うから。心の中がどこかきゅう、とあたたかくなるのだ。

子どもたちの最初の一人は、すみれだった。

「青藍、次!」

右手と左手に一本ずつ花火を持って駆け寄ってくる。

「すみれ、花火は一本ずつや」

「えー……じゃあ、一本青藍にあげる」

はい、と差し出されたそれを勢いで受け取っているうちに、すみれは自分の花火にろうそくから火をうつしていた。

ふうかがやってきて、ほかのすみれの友だちがやってきて。それからは雪崩《なだれ》を打つようだった。子どもたちが我先に駆けてきて、手持ちの花火に火を灯す。

炎の華が噴き出して、あたりをまばゆく照らし出す。

夜の空に火花の星が散る。

ああ……きれいだな、と思う。

夜は静かで色がないはずだった。けれどどうだ、こんなにも明るく賑《にぎ》やかで——案外それも悪くないと。青藍はそう思うのだ。

——子どもたちの列が途切れたころ。青藍はろうそくと花火を二本携《たずさ》えて、広場の端に向かった。

そこには橙色の光が満ちている。みなが描いた行灯に、火を灯した小さなろうそくが入れられているのだ。

風が吹くたびに、ゆらゆらと陰影が揺れる。

そばに篤輝《あつき》が立っていた。

自分の描いた歪《いびつ》な鬼灯の行灯と、隣に置かれた青藍の行灯をただ黙って見つめている。

「ほら」

二本持っていたうちの、花火の一本を手渡した。

「照らしてやれ」

ろうそくを地面に置いてやる。篤輝は無言で花火に火をつけた。

さっき茜の持っていたものと同じ、朱の炎だ。はらはらと地面に降り注ぐ炎の雨をじいっと見つめて、やがて篤輝がぐっと目を閉じた。

深く悼《いた》むように、祈るように。

青藍も、自分の花火に火を灯す。

ぱち、と小さな音が響いた瞬間だった。ばちばちっと雷のような光がはじけた。

「うわ!」

大きな線香花火のようだった。

先端を中心に、黄金色の炎が円になるようにはじける。雪の結晶のように幾何学《きかがく》模様を描き、あるいは雷光のように夜を切り裂いて。

青藍の好みにはちっともそぐわない、豪華で派手でやかましくて賑やかな花火だ。

「ちょうどええわ……あの人、こういうの好きそうやしなあ」

あの人はたしかに夜の静寂《せいじゃく》を愛していた。

そして同時にいつもだれかがいて、話しをしたり、ケンカをしたり、酒を飲んで笑い合う、あの月白邸《つきしろてい》の賑やかさも愛していた。

それは——……月白《つきしろ》のさびしさの裏返しだったのかもしれないと今は思う。

己《おのれ》のさびしさを知る人はまた、だれかの孤独をも知る人だから。

だからせめてできるだけ賑やかに、夜を裂くように、炎の華でもって見送ってやりたいと思ったのだ。


——冷蔵庫には何が残っていただろうか。

茜は思い切り引き開けた冷蔵庫の中に顔を突っ込んだ。中を見回して昨日作ってあった鯵《あじ》の南蛮漬《なんばんづ》けを取り出す。それから千枚漬けと白菜の漬け物を皿に盛った。

地蔵盆から帰ってきて、夕食も食べないまま青藍は仕事部屋に籠《こ》もってしまった。あの分ではもう食事のことは頭にないだろうけれど、それは絶対に体に悪い。

茜はため息交じりに、炊きたてのご飯を小さめに二つ握った。

一つには、網で軽く焼いた鮭《さけ》をほぐしてたっぷりのせる。もう一つは足元のダンボールから引っ張り出した梅干しを、種を抜いて真ん中に押し込んだ。

このダンボール箱は、月白邸の元住人たちから定期的に届くものだ。生活能力に乏《とぼ》しい青藍を心配して、全国のあちこちから食材を詰めて送ってくれるのだ。

海苔《のり》の両面を軽く炙《あぶ》って香りを立たせる。

リビング中にあふれる香ばしいにおいに、明日の朝ごはんはおにぎりで決まりだな、と茜は一人くすくすと笑った。

全部を盆にのせて、お茶の入った湯飲みものせる。

塀の間を通るような渡り廊下の先が、青藍の仕事部屋だった。

「──入りますよ、青藍さん」

部屋の中から、ああ、ともうんともつかぬ声がした。

それもいつものことで、茜はさっさと障子《しょうじ》を開けて中に入った。

部屋が二つ続いている。手前が板間の仕事部屋になっていて、壁面に天井まで棚が作り付けられている。色とりどりの和紙が差し込まれ、丸めた裂《きれ》や紙が立てかけられていた。三分の一ほどは扉がついていて、半分引き開けられたその奥には絵具の瓶や袋がずらりと並んでいた。

茜は、あれ、と首をかしげた。

てっきり仕事をしていると思ったのだが、青藍の姿がない。いつもこの板間に畳を引き出して絵を描いているのだ。

机の上には筆と小皿、おびただしい数の絵具が引き出されている。朱、黄丹《おうに》、瑠璃《るり》、緑《ろく》青《しょう》、群青《ぐんじょう》、金泥《きんでい》を少し……。

美術室のような独特のにおいがする。

「こっちや」

声は奥からだった。青藍の私室だ。

淡い明かりに照らされて、青藍はそこにいた。

畳敷きのそこは布団が畳まれて隅に除《よ》けられている。そのそばに、大きな絵が横たわっていた。

障子二面分ほどの絵で、花のない桜が描かれているのだ。それが月白が青藍に遺《のこ》した課題なのだと、茜は知っていた。

その桜に花が咲くときを、茜はずっとずっと待っているのだ。

開け放たれた部屋に、初秋の風が通る。

緑のにおい、虫の声。

青藍が立ったまま筆を手にこちらを振り返る。その目はどこか誇らしそうに見えた。

「どうや」

ぼんやりと灯る明かりの下に照らされたその絵を見て、茜は息を呑んだ。

桜の根元に、鮮やかな花が咲き誇っていた。

春夏秋冬を問わない、様々な花たちだ。

桔梗《ききよう》の紫、向日葵《ひまわり》の太陽のような黄色、萩《はぎ》の赤紫、秋桜《コスモス》には薄紅色に牡丹《ぼたん》色、竜胆《りんどう》は紫《し》紺《こん》、ハコベの小さな花は白練《しろねり》。

緑が萌《も》える。花が咲く。

鮮やかに色づく、美しい花畑だ。

「……きれいです」

口からこぼれるままに茜はそう言った。それ以上、この美しい絵を見て何を言うことができるのか茜にはわからない。

力が抜けたように、青藍はその場に座り込んだ。筆も皿も投げ出して、うつむいた顔にさらりとなめらかな髪がかかる。その指先には使った色と同じだけの絵具がついていて、小さな花束を持っているみたいだと茜は思った。

それから、虫の声だけが静かに響く夜の中で、茜は青藍の話を聞いた。

地蔵盆で出会った優しいおばあさんのことと、彼女に助けられたかつての青藍と陽時と。

そうして、一人の少年の話。

さびしさを知っている人こそが、だからだれかのそばに寄り添えるのだということ。

きっと月白もそうだったのだということ。

月白邸はいつだって賑やかで、たくさんの人であふれていたそうだ。

「あの人も、さびしかったんやなあ」

そうしてきゅう、とその黒曜石のような深い瞳を細めるから。茜はそうっと言った。

「でも、青藍さんには今まで出会った人たちがいますよ」

この花々は、たぶんそうなのだろうと茜は思う。

まぶしくて鮮やかな、人の出会いの重なりだ。

それに、と茜はまっすぐに言った。

「今、青藍さんはさびしくないはずです。陽時さんとすみれと、わたしがいますから」

この人は一人が好きなことを知っている。

でも高いところで一人きりにはしないと、もう茜はちゃんと決めたのだ。

青藍は少しだけ驚いて。

そうして本当に美しいものを見たように、ほう、と一つ、息をついたのだ。

「……お腹《なか》すいた」

茜ははっと顔を上げて、持ってきた盆をずいっと青藍の前に押し出した。

「はい、どうぞ」

焼いた海苔の香り、おにぎりが二つ。いくつかのおかずと、湯気の立つあたたかなお茶。

青藍が居住まいを正して、手を合わせた。

「いただきます」

震えるようにそう言った青藍のそばに、ちゃんと寄り添えているだろうかと。

茜は、いつだってそう思うのだ。

二　美しの青い水庭

1

十一月。高い秋の青空には紗《しゃ》のような雲が流れて、秋と冬の狭間《はざま》の冷たい風が、京都《きょうと》の町を吹き抜けていく。

教室の窓からは、中庭の紅葉《もみじ》を見下ろすことができる。少し前まで深い草色だったその葉が、赤橙《あかだいだい》や朱に色を変え始めているのがわかった。

「――七尾《ななお》さーん。これ一枚余ってるんやけど、どうしたらええ」

クラスの中からかかった声に、茜《あかね》は自然と椅子から立ち上がった。教室の端で男子が掲《かか》げているのは、先ほど人数分配られたプリントだ。

「もらうよ。あとで職員室行ってくるから、先生に返してくるね」

プリントを受け取ると、途端に甲高《かんだか》い声が飛んだ。

「クラス委員やからって、七尾さんが全部やることあらへんの。そんなん言い出しっぺが返してきたら」

隣の席の山辺瑞穂《やまべみずほ》だ。今年のクラス替えで一緒になった女子で、友だちの多い社交的な性格だった。猫のようにパチリとつり上がったアーモンド型の目。くせのないストレートの髪を、今日は肩口で外跳ねにしている。

茜は軽く手を振った。

「いいよ、わたしも職員室に用事あるし」

それにこれは性分《しょうぶん》だ。頼まれれば断れないし、特に言われなくてもいつも自分にできることはないかと仕事を探してしまう。

茜は手の中の一枚余ったプリントと、窓際《まどぎわ》の席を交互に見やった。

「やっぱり、帰ってこないね」

そこは席替えのときに自然と端に追いやられてしまった机で、夏休み明けから戻ってこないクラスメイトの席だった。

「泉堂《せんどう》さんやろ。休み明けにあったディスカッションの授業で、なんか揉《も》めたはったらしいけど、七尾さん知ってる？」

机を囲んでいる女子に問われて、茜は首を横に振った。

「……違う班だったから」

そこに座っていた泉堂多香子《たかこ》というクラスメイトのことを、茜もあまり深くは知らない。おとなしい人で、いつも一人で机に向かってじっとうつむいていたことだけを覚えている。

夏期休暇が明けてから、多香子は教室に来なくなった。それとなく担任教師に聞いたこともあったのだけれど、曖昧《あいまい》にはぐらかされたままだ。それからプリントはいつも一枚余り続けている。

「わたし、また先生にちゃんと聞いてみようかな」

茜はずっと一つ空いたその席のことが気にかかっている。

席に戻ると、向かいで画用紙に鋏《はさみ》を入れていた女子たちが、感心したように言った。

「そんなん、別に七尾さんの仕事と違うのに。そういうとこ、ほんまお姉ちゃんって感じ」

「妹ちゃんいるんやっけ。いくつ?」

問われて、茜は自分も黄色の画用紙を手に取りながら答えた。

「今、小学校二年生」

隣で瑞穂が、そっかあと相づちを打った。

「やったら……やっぱり就職になるよねえ……」

茜はふ、と手を止めて顔を上げた。机の周りに集まっている数人の女子たちがどこか気まずそうに茜を見つめている。

茜たちの事情はクラスのみなが知っている。つまり両親を亡くし親戚の家に引き取られた姉妹、ということだ。初夏の現国の授業が起因となって、同情的な視線はなくなったものの、日常の端々《はしばし》でみなが気を遣《つか》ってくれているのがわかる。

「うん。公務員試験を受けるか、企業の事務あたりに就職できるといいって思ってるんだ」

茜はことさら明るく言った。それで空気が少し軽くなった。

高校二年生の晩秋《ばんしゅう》、茜たちのもっぱらの関心事は進路であった。

この学校は私立の一貫校で、大きな問題がなければ附属の大学に進学できることになっている。それでも外部受検を選択するもの、専門学校を希望するものも少なくない。茜のように就職を希望する生徒もいるが、やはり目立つのはたしかだった。

月白邸《つきしろてい》にいつまでも甘えていられないことは、茜にだってわかっている。

結局茜はいつだって線を引いてしまう。

この先、だれにも頼れなくなったときに、すみれを守ることができるのは、茜だけだ。

茜は……すみれのお姉ちゃんだから。

今まで当たり前だったそれが、どうしてだか近頃、ときおり重く感じることがある。

すみれの『お姉ちゃん』であることは、とても大切で誇らしい。

でも……では『お姉ちゃん』ではない自分自身には、何もないような気がして。なんだかとても空《から》っぽな気持ちになるのだ。

だけど、と瑞穂の隣で別の女子が笑う。

「七尾さんのそういうお姉ちゃんぽいとこ、ほんま委員長にぴったりやて思うよ」

あはは、と茜は、今度こそ乾いた笑いをこぼした。

この性分のおかげで、茜はいま面倒ごとに直面している。

――文化祭である。

茜の学校は十一月に、文化祭――霜月《しもつき》学校祭が行われる。

今週末の金曜日から、三日間に渡って行われる催《もよお》しだ。外部から客を入れることもあって、一年間で生徒たちがもっとも楽しみにしている行事だった。

その文化祭で、茜はクラスの実行委員長に抜擢《ばってき》された。この場合――断れない性格が災いして、押しつけられたとも言うのだろうけれど。

昨日から始まった準備期間は、今日までが放課後を、明日から文化祭本番までの二日間は、丸一日準備に使うことができる。

茜のクラス、二年三組は以前からの話し合いで、クレープカフェの模擬店をやると決まっていた。

「ごめんね、七尾さんにホール班の準備まで手伝わせて」

瑞穂が画用紙を切り分けながら、申しわけなさそうにまなじりを下げた。

茜たちのクラスでは、教室の三分の一をカーテンで仕切って厨房《ちゅうぼう》に、残りをホールスペースにする予定になっている。瑞穂はホールの飾りつけや当日の接客を担当するホール班の班長だった。

茜は本当であれば、実行委員長のほかに、厨房側でクレープのレシピの考案やメニュー選びを受け持つクレープ班の担当だ。

けれど、と茜は苦笑した。

見回した教室の中は、どこかがらんとしている。

カーテンや床の飾りつけを作っている女子が三、四人、力仕事を頼まれている男子が三人ほど。それから茜たちの、窓の飾りつけを作っているグループだけがぽつぽつと仕事をしていた。

クラスだけではなく、部活や委員会の仕事もあるから、クラスの面々の半分以上はそちらの手伝いに駆り出されているのだ。

「みんな忙しいから仕方ないよ」

とはいえ教室はまだ机もそのまま、窓もカーテンもまだ装飾まで手をつけられていない。予定されている完成図からはほど遠い状況だった。

クレープ班に至ってはメンバーが部活の準備で忙しく、そろって相談することもままならない。トッピングのレシピも白紙のままだ。

あと二日で、ちゃんと形になるのだろうか。

でも、委員長を引き受けたからには、わたしがなんとかしなくてはいけないのだ。

時間だけが過ぎていくような気がして、茜はじわじわと焦《あせ》りが背筋を這《は》い回るのを感じていた。


木々の間から、月白《げっぱく》のおぼろげな光が差して庭を照らし出している。木々をざわりと風が揺らすたびに、月影もゆらゆら形を変えていく。

その晩秋の優しい静けさはまるで子守歌のようだった。体中に染《し》み入《い》ってとろりと眠気を誘うのだ。

茜は瞼《まぶた》がうとうとと落ちそうになるたびに、はっと目を覚ますのを繰り返していた。

「……ちゃん、……かね、ちゃん！」

ぼうっとした意識の向こうで、だれかが自分を呼んでいる。答えなくちゃと思うのに、体の感覚が自分のものではないかのように曖昧《あいまい》だった。

「――茜ちゃん！」

肩を跳ね上げてばっと顔を上げると、カウンターを挟んだ目の前で、陽時《はるとき》がぶんぶんと手を振っていた。

「火！　焦《こ》げるって！」

「え……うわっ！」

茜は手元に視線を落として、思わず叫んだ。

お玉でかきまぜ続けていたはずのカレーが、ぼこ、ぼこと不穏な音を立てて波打っている。慌《あわ》てて火を切ったがたぶん手遅れで、鍋の底をこすったお玉に、がり、と嫌な感触が伝わった。

これは絶対に焦げている。

茜は泣きたくなるような気持ちで深くため息をついた。

その日の月白邸の食卓は、散々な仕上がりだった。

かなり好意的にとらえて、香ばしいにおいのただようカレー。レタスサラダのドレッシングはややレモンが多めの配分になったせいか、鋭い酸味が特徴的だ。

炊いていたはずの米は炊飯器のスイッチを入れ忘れていたので、陽時とのジャンケンに負けた青藍《せいらん》が、不機嫌そうにコンビニで買ってきてくれたものだった。

食卓に全員がついてから、茜は深々と頭を下げた。

「……本当にすみません、夕食遅くなって」

「そんなのはいいんだけど、茜ちゃん、半分寝ながら料理してなかった？　火を使ってるんだから危ないよ?」

もっともな指摘で、陽時の顔にはありありと心配だと書かれている。

「気をつけます……」

おずおずと顔を上げた先で、青藍が品のいい手つきでちょうどレタスサラダを口に入れたところだった。青藍も陽時も事情はあれど〝良家の出〟というやつであるから、食事の所作《しょさ》が見惚《みと》れるほど美しい。

途端に青藍の額《ひたい》にぎゅうと皺《しわ》が寄った。口がへの字に曲がって肩が引きつっている。ドレッシングがそうとう酸っぱかったのだろう。

「すみません、ほんと……。わたし、今からでも何か買い足してきます」

「ええから」

立ち上がろうとした茜を制して、青藍が残りのサラダを口に押し込んだ。

「慣れたら悪な……っふ、いから……」

こらえきれずにけほけほとむせている青藍の隣で、すみれが大きなスプーンをぶんっと振り上げた。

「カレーだっておいしいよ…………ちょっと苦いけど」

それがとどめとなって、茜はとうとうがくりとうなだれたのだ。

──食後のコーヒーは、見かねた陽時が淹《い》れてくれた。

すみれは先に風呂を使っていて、それを待っている間、リビングのソファで茜は一つため息をついた。

情けないな、と、口には出さずに心の中でつぶやいた。

月白邸のために茜ができることは、そう多くない。

学費と生活のためのお金はすべて青藍の懐《ふところ》から出ていて、父が茜とすみれに遺《のこ》した保険金とほんの少しの貯金は、丸ごと銀行に眠ったままだ。

だからせめておいしい食事ぐらいは、毎日ちゃんと作りたかったのに。

最近はそれもままならない。

「──文化祭、そんな忙しいんか?」

顔を上げると、テーブルの向かいで青藍がじっとこちらを見つめていた。

「やらなくちゃいけないことが多くて……」

レシピを考えなくてはならないし、クラスメイトに連絡を回して、明日からのクラス準備にも、ちゃんと顔を出してくれるようにうながさなくては。画用紙は持ち帰ってきたから、これから窓飾りも作るつもりだった。

「結構、大変なんです。みんな部活とか委員会とかあるから……」

これでは愚痴みたいでみっともない、と茜は口に出してから後悔した。

「でもわたしが実行委員長なので、クラスのみんなが楽しいって思えるような文化祭にしたくて……」

一生懸命言いつのっていると、陽時がふ、と笑った。

「茜ちゃんは、真面目《まじめ》だからね」

そのとろけるような甘い笑顔に、茜は顔が赤くなるのを感じた。

真面目だねとよく言われる。それはときに〝馬鹿みたいだね〟という揶揄《やゆ》を含んで。

けれど陽時のそれは柔らかくて優しくて。いいこだね、なんて。率直な褒《ほ》め言葉のようで、なんだかくすぐったくなるのだ。

茜は気を取り直して、ふと首をかしげた。

「青藍さんたちは高校生のとき、文化祭で何をやったんですか？」

青藍と陽時がそろって顔を見合わせた。

「……なんやったかな」

「おまえ、クラスと関わってなかったもんね」

陽時が呆《あき》れたように肩をすくめた。

高校生のころ、人付き合いが得意ではなかったらしい青藍は、学校生活をほとんど一人で過ごしていたそうだ。

陽時が面白そうに、長い脚を組んで身を乗り出した。

「でも文化祭って、クラスで何かやんなきゃいけないでしょ。こいつ一人で立看板押しつけられてさ。絵になると手なんか抜かないもんだから、本気出しちゃって――」

それで何がおきたか大体想像がつく、と茜はくすくすと笑った。

高校生であったとはいえ、青藍は絵師の一族、東院《とういん》家で育ち、師は画壇を席巻《せっけん》した月白《つきしろ》。

青藍自身の才も存分に花開いていたころである。

「――もちろんぶっちぎりで立看板賞も取ったし、美術の先生からコンクールに作品を出さないかって追いかけられて、逃げ回ってたよな」

「……なんで知ってる。おまえそのころ、東京のはずやろ」

青藍が嫌そうに頬を引きつらせた。陽時は中学を卒業したあと、東京の高校に通っていたのだ。

「月白さんに教えてもらったんだよ。あの人たち、青藍の文化祭、三年間とも見に行ったんだろ？」

途端に青藍がぞっと身震いしたのがわかった。

「…………来たはったな、そういえば」

青藍が本当に嫌だった、というふうに顔をゆがめた。

「絶対に来んといてくれて言うたのに、当日になってみたら邸《やしき》の人ら勢揃《せいぞろ》いしたはって。月白さんがまたそれを、うれしそうに引き連れて歩くから……」

「いつもいたりいなかったりなのに、そういうときだけそろうんだよね、あの人たち」

陽時が押し殺すように喉《のど》の奥でくつくつと笑った。

ああ、想像がつくなあと茜は思う。

月白邸の元住人たちは、突然転がり込んできた青藍と陽時を、からかったりかまいつけたりしながらも、なにくれとなく気にしていたのだ。

きっと文化祭も、弟の晴れ舞台でも見るような気持ちで訪れたのだろうと思う。

そうしてそれを、青藍自身もちゃんとわかっているのだ。

こういうとき、青藍がむっとしたままそっぽを向いているのは、照れているからだと茜も知っている。

「……おまえこそ、〝彼女〟同士が校内で会ったとか、部室に押しかけてきたとか、いろいろ月白さんから聞いてたけどな」

意趣返しのつもりか、青藍が口の片端だけをつり上げた。途端に陽時が苦い顔をする。

高校のころ東京の男子校で寮暮らしだった陽時は、この顔と人を惹《ひ》きつける甘やかな雰囲気で、どうやら他校の女子から大変人気があったそうだ。

「誤解だし。ちゃんとだれとも付き合ってなかったよ、おれは」

そして陽時自身も女の人と、そういう付き合い方をする人だと茜も知っている。つまり一般的にあまり褒められるところではない、〝お友だち〟としての付き合いだ。

陽時なりにきちんとした線引きをしているらしいことと、すみれの前であまりそういう話をしないから、茜も何も言わないでいる。

それが陽時の、唯一《ゆいいつ》の逃げ場だったことも知っているからだ。

陽時は紀伊《きい》家という、東院家の分家筋の出身だった。代々東院家に画材を卸《おろ》していた絵具商で、同じように重いしきたりのある家だった。

中学生のとき、陽時は自分に意図しない許嫁《いいなずけ》をあてがわれて紀伊家を飛び出した。そうして転がり込んだのが月白邸だ。そのころ陽時は、従姉《いとこ》である詩鶴《しづる》に報《むく》われない恋をしていて、その反動で人からの好意を誰彼かまわず受け入れていた。

今でも陽時はまだ、その青い時期の心の中をぐるぐると惑《まど》っている。

本当は、大切なたった一人のだれかに伸ばしたままの手をつかんでほしいと、そんなふうに思っているのを知っているから。

この人にいつか、寄り添ってくれる大切な人が見つかるといいなと、茜はずっとそう願っている。

「おれたちの文化祭なんて、ろくなものじゃなかったから、もういいよ」

陽時がそれより、と組んだ脚に肘《ひじ》をついた。

「茜ちゃん、文化祭終わるまで忙しいんでしょ。朝も夕食も大丈夫だから、遅くなってもかまわないし一生懸命やりなよ」

それは、と茜は唇を引き結んだ。

「だめですよ。これは、わたしのお仕事です」

これから明日の朝食の準備をしなくてはいけない。夕食だって明日こそは、絶対に失敗できないのだ。

はあ、と深く嘆息《たんそく》したのは青藍だった。黒い瞳が半ば呆れたように、仕方がないなあとでもいうふうにきゅうと細くなった。

「今しかあらへん」

きょとん、とした茜の前で、青藍が淡い笑みを浮かべている。

「人生の中で文化祭で騒げるんなんか今だけやろ。──精一杯やって楽しんだらええ」

その瞳は茜を見ているようで、その向こうにいつかの自分をうつしているのかもしれなかった。ほんのわずかな、後悔の光を湛《たた》えて。

ぐ、と胸が詰まる。

去年の文化祭の記憶はひどくおぼろげだ。知らない人の思い出のように遠くにある。

春に父が死んで笹庵《ささあん》の邸に引き取られて、十月に青藍たちのもとへやってきた。まだ家族になりきれていなくてぎこちなくて必死で、学校なんて二の次だった。

今年は違う。

今までクラスの人たちと、茜はどこか一歩引いて付き合っていた。嫌われることもなかったけれど、放課後遊びに行く人もいない。そういうつかず離れずの距離感が少し変わってきていると茜は思う。

変わるといいなと、思い始めている。

いいのかなあ、なんて。ちらりと青藍と陽時をうかがう。

陽時が笑っていて、青藍がその目をどことなく優しく細めているような気がして。

それがうれしくて、茜は小さくうなずいたのだった。

——風呂場からドライヤーの音がする。湯上がりのすみれの髪を、茜が乾かしてやっているのだろう。

キッチンに向かった陽時が、冷蔵庫の扉を引き開けた。

「夕食はどこかに頼むとして、明日から朝だけでもおれたちでなんとかしないとなあ」

真剣な表情で冷蔵庫をのぞき込んでいる陽時は、妙にやる気だ。

「米炊くか、パン焼いてコーヒー淹れるぐらいやったら、ぼくらでもできるやろ」

「えー、卵焼きとか作ろうよ」

「……冗談やろ」

青藍は信じられない気持ちで陽時を見やった。卵焼きは一度、二人で作って盛大に失敗している。もっと自分の料理の腕に謙虚になったほうがいい。卵はまだ無理だ。

「やめとき。切るだけか、レンジであたためるぐらいが限界や」

そうだねえ、とあっさり諦《あきら》めた陽時がぱたりと冷蔵庫の扉を閉めた。ついでにすみれ用に、ジュースをのせた盆を持ってソファへ戻ってくる。

「茜ちゃん、大変みたいだけど楽しそうだね」

茜は気づいているだろうか。

学校のこと、クラスのことを茜が話すのは珍しい。

そうやって弱音や自身の気持ちを話してくれることを、そしてかたくなだった茜が、最後は甘えてもいいかとうなずいてくれるのを、青藍と陽時がどれだけ待っていたのか。

いつも真面目で我慢ばかりの茜にとって、この家がその心をほろりとほどく場所であってほしいと、二人はいつだって思っている。

陽時がふ、とつぶやいた。

「……茜ちゃん、この先どうするんだろうね」

茜は高校二年生だ。進路について考える時期でもある。

「茜の好きにしたらええ」

大学に行ってもっと勉強をしてもいい。留学がしたければ送り出してやれる。好きな仕事があるなら就職もいい。必要な資格があれば専門学校という道もある。

それが本当に茜の望みであれば。

「そのために必要なものは、ぼくが出す」

「当たり前だろ。おまえなんか絵の腕と、それで稼いでるもんとったら、あと何も残んねえじゃん」

青藍はじろりと陽時の顔を睨《にら》みつける。陽時が青藍の絵と、それを描く腕を贔屓目《ひいきめ》でなく大事にしていると知っているから、ギリギリ褒め言葉としておくことにした。

けれど、と青藍は胸の内で嘆息した。

茜がその話をすることはない。でもたぶん就職するつもりだろうと青藍は思っている。一年以上ともに過ごして、茜の性格を読み切れないほど無関心だったつもりはない。

すみれのために、月白邸には甘えられないからと。どうせそう思っているにちがいないのだ。

「ほんまに、やりたいことがあるとええんやけどな」

そんなに生き急がずとも、もう少しゆっくりと今この瞬間を楽しんでほしいと青藍は思う。それはもうこの先、二度と訪れない、たった数年の青い日々だ。

後悔のないように――だれのためでもなく。

七尾茜自身のために。

2

この時季に気温が下がれば下がるほど、紅葉《もみじ》は美しく色づくそうだ。

空気は冴《さ》え冴《ざ》えと冷たく、吐き出した息は白く立ち上っていく。冷え込みの厳しい晩秋の早朝だった。

すみれとともに、住居として与えられている離れから母屋《おもや》のリビングに上がったとき。暖簾《のれん》を上げた茜は、ぽかんと口を開けた。

いつもなら、だれもいない薄暗いリビングの明かりをつけるところから、この邸の一日が始まるのだ。

けれど今日はすでにカーテンが開けられ暖房も入っていて、そのうえコーヒーの香りまでただよってくる。

「おはよう茜ちゃん」

キッチンから陽時《はるとき》の声がした。ソファでうつらうつらしていたらしい青藍《せいらん》が、はっと顔を上げた。

「おはよう……」

「青藍が起きてる！」

駆け寄ったすみれが、その体にぴょんっと飛び乗る。「うぐっ」っとうめき声がしたあと、青藍がその大きな手で、ぽんぽんとすみれの背を叩いた。

「どうして、すみれのお仕事は？」

「……今日はなし」

すみれごと体を起こした青藍が、ほらと茜をうながした。テーブルの上にはすでに朝食の用意が整っている。

皿に並べられたおにぎりは、すみれでも食べやすいようにやや小さい。三角にはならなかったのだろう、妙にごつごつとした丸形であちこちから具がはみ出している。ここから見える限りでは梅干しと鮭《さけ》だ。

そばの皿には切られた海苔《のり》。炙《あぶ》ってみようとして焦《こ》がした痕《あと》が見える。

「それから、これね」

キッチンから陽時が、味噌汁の椀を人数分、盆にのせて持ってきてくれた。

「さすがにインスタントだけどね」

「……ありがとうございます」

茜はどこか呆然としたまま椅子に座った。

いただきます、と手を合わせて一口かじったおにぎりは、塩をきかせすぎたのかしょっぱくて、具の梅干しは種が入ったままで、米は水加減を間違えたのか妙に固かった。

けれど二人が懸命に作ってくれたそれは、世界で一番おいしい朝食に感じられる。

今日もがんばろう、とそう思うことができるのだ。

──文化祭まであと二日。今日からは授業もなく、朝から夜まで準備にあてることができる。

茜の教室、二年三組は今日も人数がそろいきらずに、どこかがらんとしていた。

それでもこつこつ準備していたかいがあって、ようやくその完成が見え始めている。

机を四つ一組に並べ直して、レースのテーブルかけで彩《いろど》る。壁面は煉瓦《れんが》造りふうにするために、ところどころカッティングシートを貼り始めたところだ。

窓の真ん中には、美術部員たちがカラーテープで『2－3』の文字を入れてくれていて、その周りに、茜は画用紙の星やクレープの柄《がら》をぺたぺたと貼りつけ始めた。

「七尾さん、ガムテなくなった！」

振り返った先で、瑞穂《みずほ》が芯だけになったテープをぶんぶんと振っていた。

「もらってくる。ついでにあと何かある？」

教室の中を見回すと、あちこちから声が上がった。

「チラシも数足りへんかも」

「委員長、放送部に宣伝用の原稿持ってってほしい」

「ガムテのついでに、余ってるダンボール箱探してきてくれへんかな」

途端に教室中から飛んでくる声に、茜は慌《あわ》ててメモを取って、「行ってきます！」とドアから飛び出した。

学校の中は、活気と喧騒《けんそう》に満ちていた。

準備期間中は制服を着る必要もないから、動きやすいようにみなジャージやスウェット姿であちこち走り回っている。

使われていない教室は片っ端《ぱし》から練習場所にあてられ、吹奏楽部や軽音学部、演劇部と、そしてステージ発表がある三年生たちが、それぞれの班やパートに分かれて使っている。

管楽器に電子ピアノ、ギターの音に交じって、発声練習の声が響く。廊下を走る生徒たちの足音と「走るな！」という先生たちの声。校内ＢＧＭは放送部が選んだ、最近の人気曲がランダムに流れ続けている。

授業中の静けさとはまるで反対の、お祭りに向かうわくわくとした雰囲気に、茜も気分が浮き立つのを感じた。

準備はなんとか形になりつつある。

あとはこの日の午後から相談する予定になっている、クレープのレシピさえ決まれば、きっと本番もうまくいくはずだと。

そう思った矢先だった。

「──七尾《ななお》さん、ごめん！」

茜の目の前で両手を合わせて頭を下げているのは、野球部の木下政吾《きのしたせいご》だ。茜より頭半分背が高く、短髪をざっくり刈り上げている。

その後ろで野球部の男子がそろって同じポーズを取っている。全員が厨房《ちゅうぼう》を担当するクレープ班だった。

午前中、野球部の手伝いがあると言っていた政吾たちは、クレープ班集合予定の午後になっても姿を見せなかった。すでに晩秋の早い夕暮れが迫る今になって、ユニフォーム姿のまま気まずそうに顔を出したのだ。

「おれら、まだ手伝い終わってへんくて、すぐ戻らなあかんねん」

「ちょっとだけでも時間取れないかな。レシピ決めたいなって思ってるんだけど」

茜が申しわけなさそうにそう言うと、政吾が振り返って野球部同士で顔を見合わせた。

それから深くうなだれる。

「ほんまごめん。設営、今日中にやらなあかんねん」

そっか、となんとか笑顔でうなずいた茜に、政吾がほっとしたような顔を見せた。

「クラスのクレープはさ、七尾さんいてるし大丈夫やん」

じゃあ、と言い残して野球部男子が三人とも走っていってしまう。困ったように振り返ると、同じクレープ班のメンバーが互いに顔を見合わせていた。

「あのさ、うちも行かなあかんかも」

左腕の時計を見てそう言ったのは、吹奏楽部の市ヶ谷《いちがや》みはなだ。活発でクラスの中ではしっかりものとして頼られている。長い黒髪を、今日は頭の上できゅっと大きなお団子《だんご》にくくり上げていた。

「こっちの予定が一時から三時半までって言うて来ちゃったし。いい加減うちも戻らんと怒られるんよ」

「……あ、そっか。ごめんね」

野球部を待っている間に、今度はそっちの制限時間が来てしまったのだ。ままならないスケジュールに茜は眉を寄せる。

「ごめんね七尾さん。うち抜きでやってくれてええから」

ぱたぱたと荷物をまとめ始めたみはなに、茜は苦笑した。

「ううん、市ヶ谷さんにもいてほしいんだ」

クレープ班もホール班も、くじ引きではなく茜がメンバーを割り振った。意味があってのことだから、できれば全員で相談したかった。

そう言うと、ふうん、とみはなは肩をすくめた。

「ほんま真面目《まじめ》やなあ」

それは昨日陽時がくれた〝真面目やなあ〟とは違う。難儀な性格だね、と呆《あき》れを含んだそれだった。

みはなを見送って、合計四人欠けたクレープ班は、はっきりとやる気を失っていた。また一人の女子がおずおずと手を上げる。

「ごめんね、あたしも塾やわ」

「うちらだけで決めるんも微妙やもんね」

茜は、そうだねと曖昧《あいまい》に笑ってため息をかみ殺した。頭の中でスケジュールを計算して、うん、と一つうなずく。

「わたし、明日までにいくつかレシピ考えてくるよ」

そう言ってくれるのを待っていた、と言わんばかりに顔を見合わせて、「さすが七尾さん」と笑い合うクレープ班のメンバーに、茜はぎこちなく笑顔を見せた。

じゃあ解散、と三々五々散っていくメンバーのだれかが。

「よかった——さすが委員長やわ」

ぽつりとそうこぼしたのが聞こえて。

少しばかり悔しいような、ぽかりとさびしいような、そんな気持ちになるのだ。

——ゆらゆらと西空の端を夕日が焦がしていく。東の空は青く、そしてゆっくりと藍《あい》色に移り変わっていく。

クラスの準備時間は十七時まで、それを過ぎると教室にはだれもいなくなった。部活の手伝いをしに行くもの、委員会に行くもの、塾へ向かうものとそれぞれだ。

まだ居残りしているクラスの遠い歓声を聞きながら、茜は一人で準備を続けていた。

トッピングのレシピは影も形もないし、ホールはカーテンの設置もまだ。窓も壁も飾りつけは半分以下だ。それに明日は、黒板に看板イラストを描いてもらう予定だから、一度きちんと拭《ふ》いておきたい。

ひととおり黒板消しをかけて固く絞った布で拭いていると、突然教室のドアが開いた。

「うわっ、七尾さん!?」

瑞穂だった。忘れ物を取りに来たという彼女は、鞄をどさりと近くの机に置いた。

「そんなん一人でやらんかってもええのに。明日でも大丈夫やろ?」

「……そうかも。でも、もうちょっとやってから帰る」

瑞穂の言うとおりだ。明日の朝来てやれば間に合うことを、かたくなに続けているのは……たぶんこれは悔しいからだ。

ふつふつと苛立《いらだ》ちが増していく。

委員長だから、真面目だから、ちゃんとやってくれるから――……お姉ちゃんだから。

そのたびにそうだね、ちゃんとやらなくちゃね、と笑ってうなずいてきた。それが今は言いようもなく自分の心を苛《さいな》んでいる。

躍起《やっき》になって黒板を拭いている茜を、見かねたのだろう。瑞穂が眉を寄せた。

「あたしも手伝うよ」

「いいよ、大丈夫」

茜は振り返って笑った。がんばらないと、もう笑えなかった。

「山辺《やまべ》さんも部活忙しいんでしょ。クラスのことはわたしで大丈夫だよ」

それに、と茜はふと息をついた。

「一人のほうが、はかどるんだ」

それはとても嫌な気持ちだった。わたしだって大変なんだと無意識に察してほしくて、でも別に助けなんて必要ないからと突っぱねるような。

どっちつかずの卑怯《ひきょう》な——要するに拗《す》ねているのだ。

言った瞬間に後悔した。一度出た言葉は二度と戻らない。

瑞穂は気遣《きづか》ってくれただけなのに、そっか、とほんの少し傷ついた顔をしたのを見てしまったから。

「ごめん……あたし行くね」

駆けだした瑞穂の背に、茜は何も言葉をかけられなかった。

——おおよそ味わったことのない、最低な気分だった。

茜はため息も忘れてしまったように、とぼとぼと渡り廊下を歩いた。その先は生物室や地学室、音楽室などが集まる実習棟《とう》だ。

きっと瑞穂を傷つけてしまっただろう。謝る間もなかった。

夜になって間引きされた電灯が、ぽつりぽつり、と等間隔に灯《とも》っている。その薄暗さが今の茜の心によく似ていた。

渡り廊下は美術室や準備室のある二階に繋がっている。その先の階段を上がって三階へ。そこは普段あまり訪れない場所だった。かつては三年生の教室にあてられていたが、生徒が減って使われなくなった空き部屋がずらりと並んでいる。

その一室が今、備品の貸し出し場所として使われているのだ。茜たちが借りていたカーテンが一つ余ったので、今日のうちに返しておくつもりだった。

階段を上がった先、廊下を曲がって茜は首をかしげた。

薄暗い廊下に、備品室からの明かりが伸びている。

その手前、空き教室のドアが半分ほど開いていた。本来、文化祭中でも使用されない教室の鍵はかけられているはずだから、おかしいな、と思ったのだ。

興味本位でのぞき込んだ。

カーテンが開け放たれた教室の黒板に、何かが描かれているような気がして、茜が目を細めた瞬間だった。

窓から——月の光が差し込んだ。

月白《げっぱく》の淡い光が、さあっと教室の中を照らし出す。

「……わあ」

茜は感嘆《かんたん》のため息をこぼした。

月白の光に照らされたそれは——青い庭だった。

横に長い黒板の端から端までをたっぷりと使った、美しい庭だ。全体的に深い青色なのは、そのほとんどが水面《みなも》を描いているからだとわかる。

ぽつ、ぽつと白と赤の花が浮かべられている。

月の前を薄い雲が通り過ぎたのだろう。

ゆらりと光が揺れて、まるで水面を波紋が渡っていくように見えたものだから、茜はどきりとした。

色の種類の限られたチョークで描かれたものとは、とても思えなかった。

息を呑むほど鮮烈な美しさを秘めているのに、見ているだけで心が凪《な》ぐような静謐《せいひつ》さをも、同時に宿している。

月白に照らされた青が、そう思わせるのかもしれなかった。

涼やかな青を見ていると、す、とさざ波だった心が落ち着いていく。

そんなに何もかも急《せ》いて、がんばらなくてもいいのだと。

この美しい庭のそばで一つ立ち止まって。

ゆっくり深呼吸してからでかまわない。

月の光に揺れる青が、そう教えてくれているような気がした。

——どれぐらいそこにいただろうか。

月が雲に隠れて教室に暗闇が訪れる。茜は、はっ、と顔を上げた。ずいぶんと長い間見入っていたらしい。

ぼうっとした心地のまま首を振って、茜は教室をあとにした。

備品室へ立ち寄って、二階への階段を降りる間も、あの青い絵のことが頭から離れない。

どうしてあんなところに、いったいだれが描いたのだろうか。

そういえば、あの絵をどこかで見たことがあるような気がしたが、どうにも思い出せなかった。

——階段を降りきったところで、茜は廊下を曲がってきたその人とばったり出くわした。

「七尾さん?」

「佐喜《さき》先生、こんばんは」

佐喜藤一《とういち》は美術の非常勤講師だ。三十歳を二つ三つ過ぎているはずだが、やや小柄で顔立ちもどこか幼さを残している。

京都の美大出身で、その大学生時代、陽時の焦《こ》がれていた従姉《いとこ》、詩鶴《しづる》の恋の相手だった人だ。そのこともあって、茜とも多少の縁がある。

佐喜はどこか焦《あせ》ったように、三階を見上げた。

「七尾さん、こんな時間に三階にいたはったん？　なんか用事あった？」

「備品の返却です、今日中にしておこうと思って」

苦い顔をしている佐喜に、茜は首をかしげた。

「どうしたんですか？」

「いや、未届けの教室使用があったかなて思って、ちょっとびっくりした。この時間、三階てだれもいてへんはずやから」

そういえば教室使用の管理は今年、佐喜の担当だったかと茜は納得した。

文化祭中、使用されない教室は、各部活や三年生の練習場所として引っ張りだこだ。その使用を管理しているのが佐喜だった。

「……大変そうですね、相変わらず」

茜がそう言うと、佐喜は乾いた笑い声をこぼした。

茜と同じで、佐喜も頼まれれば断れない性格だ。

非常勤講師という立場で受け持ちのクラスがない分、雑用を押しつけられがちでもある。

ああでも、と茜はふと三階を見上げた。

「先生、上ってだれか美術部の人が使ってたんですか?」

佐喜はわずかに視線をさまよわせて、やがて首を横に振った。

「いや……だれかいたん?」

「いえ、だれも。ただ絵だけが残っていて……」

佐喜も知らなかったのか、と茜は意外に思った。あれだけの絵だから、描いたのはきっと美術部のだれかだと思っていたのだ。

茜はたった今見たもののことを、佐喜に話した。

だれもいない、薄闇に沈む教室に残された、美しい絵のことを。

「──すごくきれいな、青い水庭の絵でした」

そう、と佐喜が考え込むように首をかしげた。そうしてふと笑う。

「もしかしたら──『睡蓮《すいれん》』やろか。モネの『睡蓮』」

茜は思わず、あっと声を上げていた。そうだ、たしか教科書で見たことがある。あの絵にどこか既視感《きしかん》があったのはそれだったのだ。

佐喜が美術教師らしく続けた。

クロード・モネはフランスの印象派の画家だ。『睡蓮』はその代表作で、ジヴェルニーという村に美しい水庭をつくって、生涯に渡ってそのさまを描き続けたそうだ。

『睡蓮』の作品名は、彼がその庭の睡蓮を描いた、一連の絵画につけられた。

季節によって、時間によって、晩年に失いつつあった視力によって、様々に描かれた『睡蓮』は、モネの代名詞になったといってもいい。

あの美しい青い水面《みなも》は、この瞬間もなお茜の心に焼きついている。

「ほんとうにきれいな絵でした……」

空気や光やゆったりと過ぎる時間、ふいに風が吹いて波紋を揺らすその一瞬を切り取っているようだった。

そうして何より、あの静謐な青を見ていると染《し》み入《い》るように心が凪ぐのだ。

「……少し落ち込むことがあったんですけど、あの絵を見てるとすごくほっとして。気持ちが穏やかになるんです――でも」

茜は佐喜を見て、くすりと笑った。

「ちょっと不思議なんですよね」

教科書のモネの絵を見ても、もちろん美しいと思った。けれどこんな穏やかな気持ちになったことはなかった。

少し目を見張って、佐喜はやがてうれしそうに微笑んだ。

「それはもしかしたら、描いた人が『睡蓮』を見て、そう感じてるからかもしれへんね」

茜が目を瞬《しばたた》かせたのがわかったのだろう。

佐喜がどこか夢を見ているかのように、つぶやく。

「きっとただの模写やなくて、描いたその人の心がのってるんやて、そう思う」

なんだか、すとんと腑《ふ》に落ちた気がした。

いつか茜も教えてもらったことがあるからだ。

「わたしの知っている人が言ってました。人にはみんなちがう世界が見えてるんだって」

青藍が、師である月白《つきしろ》から聞いた言葉だそうだ。

絵には、その人が見たものが、その色が、そのまま描かれる。

感情の揺らぎも季節の美しさや鮮やかさも——ときには薄暗く凍りつくような心持ちも。

だから絵には、描いた人の心がのるのだと。

茜は、そう思う。

あの絵を描いた人はきっと『睡蓮』を見て——穏やかに優しく心が凪ぐ人なのだ。

「だれが描いたんだろう……」

あの絵をだれが描いているのか、知りたい。そしてあの絵の美しさについて話してみたいと茜は思う。

佐喜がきゅう、と目を細めたのがわかった。

「そうやね……だれかわかったら、それを伝えてあげるとええかもしれへんね」

茜はわずかに首をかしげた。

その声が、どうしてだか、なにかを強く祈るように聞こえたから。

十一月の夕暮れは短い。あっという間に闇に呑まれ、気がつくとすぐに夜が訪れている。

いつもの時間から大幅に遅れて帰宅した茜を、青藍と陽時が用意してくれた夕食が出迎えた。

夕方頃に茜のスマートフォンに、陽時からのメッセージが入っていた。「今日の夕食はデリバリーにしたから大丈夫だよ」と。

少し不甲斐なく感じて、でもうれしいなと思った。

……あのとき素直に喜んだ自分に言いたい。頼んでくれたのは、「あの」二人だから、覚悟しておいたほうがいいよ、と。

「……うわぁ」

茜の口から呑み込みきれなかった、悲鳴に似たうめきがこぼれた。

テーブルの上に、艶《つや》のある黒塗りの重箱が一人二段分ずつ置かれている。

「青藍が和食がいいって言うから、いつものとこにしたんだよ」

陽時が人数分の湯飲みを置くと、金の桜がはらはらと散る上品な蒔絵《まきえ》が描かれたふたを無造作に開いた。

一段目は小さな枡形《ますがた》に区切られていた。それぞれに芸術もかくあろうかという料理が、詰められている。

煮染めた紅葉麩《もみじふ》に、飾り切りのさやえんどうが添えられていて、まるで色鮮やかに染まった秋の庭のようだ。

ローストビーフ、松葉に刺さった銀杏《ぎんなん》、木の芽和《あ》えに石鯛《いしだい》と平目《ひらめ》のお造り。その横はキャビアの添えられた色鮮やかなムースで、どうやら季節の京野菜を使っているらしい。

下段には焼き物。蟹《かに》の甲羅《こうら》の上にほぐされた身が。その横には雲丹《うに》と湯葉《ゆば》がなんとかで、海老《えび》と帆立《ほたて》のこれで……と、陽時の読み上げている無駄に高そうな品書きの内容に、茜はとうについていけていない。

重箱とそろいの漆塗《うるしぬ》りの椀には、あらかじめ薄切りの松茸《まつたけ》と豆腐、細切りの柚《ゆず》が入っていて、青藍が保温ポットから出汁《だし》を注いでくれた。

ふわりとした上品な香りがただよって、なんだか気が遠くなった。

「これが……いつものですか？」

「うん。茜ちゃんたちが来てからはほとんど頼んでないけどね」

陽時がすみれの重箱に手をかけた。

「はい、すみれちゃんのは伊勢《いせ》エビつきね」

子ども用の赤漆の重箱には、どんとお頭《かしら》つきの伊勢エビが入っていて、茜はとうとう頭を抱《かか》えた。無邪気にわーい、と喜んでいるすみれに、そんな場合じゃないよと言ってやりたい。

「足りないならまだ頼めるよ？」

陽時が不思議そうにそう言うから、茜はぶんぶんと首を横に振った。

「なんていうか……高級そうだな、って……」

青藍も陽時も、東院《とういん》家と分家である紀伊《きい》家の出身である。そこから飛び出してきたこの月白邸《つきしろてい》でも、月白があまり銭勘定に頓着《とんじゃく》しない人間であったそうだ。そのうえ世捨て人もかくやという住人たちのおかげで、この金銭感覚だけはそのまま来てしまったらしい。

「別に気にしなくていいよ、どうせ青藍の財布から出てるんだし」

ね？　と笑う陽時の場合は、半分わかって言っているのかもしれないと、茜は最近思うようになった。かつては東京で寮暮らしをしていて、今はいちおう会社員だ。月白邸に引きこもってきた青藍よりは、よほど社会に馴染《なじ》んでいるはずだから。

茜は目の前に広がる芸術的な料理を見つめて、なんだかいたたまれない気持ちになってきた。

「毎日こんなの食べてて、今、わたしのご飯はお口に合ってますかね……？」

茜の作る料理はごく庶民の味である。時間がなくて十五分で作ったうどんとか、ざっくり火を通しただけの野菜炒《いた》めを出したことだって、思い返せば何度もある。

茜の向かいに、長い手足を持て余すように座った青藍が、少しばかり気まずそうに視線を逸《そ》らした。

「……こういうのを食べてたころは、味なんか別にどうかてよかった」

ふいに部屋の空気に氷が張ったような心地がした。

青藍が一人になって——月白が亡くなってから。この人はそういう時間を過ごしてきたのだ。

すみれの手が、きゅっと青藍の袖《そで》をつかんだ。

「今も？　……茜ちゃんのご飯も、おいしくない？」

むむっと口がへの字に曲がっていて、いつもぱっちりと輝きに満ちている瞳が、今はじっと青藍を睨《にら》みつけている。

すみれがこういう顔を青藍に向けるのは珍しい。まるで、姉の作ったものを馬鹿にするのは許さないぞ、と全身で主張しているかのようだった。

青藍の大きくてしなやかな手が、すみれの頭をそうっと撫でた。

「茜の作るものは、うまいと思う」

途端に、すみれの顔がぱあっと輝いた。そうでしょう！　と満足げにうんうんとうなずいている。

「茜ちゃんは料理上手だもん！」

「ああ。茜の料理はうまい。でもそれだけやなくて……」

そうやなと青藍が――ほろりと笑った。静かに花がほころぶようだった。

「ぼくと陽時と、すみれのために作ってくれてるからやな」

胸の奥が、ぎゅうと痛くなる。

この人はこんなに柔らかに笑う人だっただろうか。

「文化祭が終わったらちゃんと作ります。こういうすごいお料理も、がんばって作れるようになります！」

心がぱちぱちと躍《おど》る。勢いのままにそう言うと、青藍が何かを考え込むように顎《あご》に手をやって。そうしてやや気恥ずかしそうに、ぼそりとつぶやいた。

「——……オムライス」

聞き違いかと思った。

「オムライス？」

聞き返した茜の目の前で、青藍がひどく苦々しげに顔をゆがめたのがわかった。耳の端がうっすら赤くなっていて、照れているのかもしれないとそう思う。

「オムライス！　すみれも好き！」

すみれがきらきらと目を輝かせる。

「おいしいやつ、作ります」

「……頼む」

そうやって微笑みを我慢して奇妙な表情になった優しい人を、茜はとても大切で特別に思うのだ。


——フライパンにまるく生地《きじ》を落とす。お玉の底でくるくると薄く伸ばして、色が変わる前にフライ返しでひっくり返す。ぱたん、と音がして、一、二、と数えて、すぐに皿に引き上げた。

「キャラメルとチョコレートソース、カラースプレー……フルーツはスプーン二杯分」

紙に手書きしたメニューをチェックしながら、焼き上がったクレープにキャラメルソースをひとすくい。カラースプレーを振りかけて缶詰めフルーツを添える。

仕上がった皿をスマートフォンで写真を撮って、茜はううん、と腕を組んだ。

これとコーヒーで、三百五十円。

本番はクレープ生地は仕入れたものをレンジで解凍、クリームなんかの生ものは使用できないので、トッピングを華やかにしようと思うといくらか工夫が必要だった。

手書きのレシピも写真を撮って、クレープ班のメッセージグループに送信しておく。

表示された送信時間が深夜一時を回っているのに気がついて、茜は小さく嘆息《たんそく》した。

「――……甘いにおいすると思たら」

呆れた声がして、茜は顔を上げた。

半分明かりを落としたキッチンに、暖簾を上げて姿を現したのは青藍だった。廊下にまであふれ出す甘いにおいに、ぎゅうっと眉を寄せている。

風呂上がりなのだろうか、また適当に乾かしたと見える髪がところどころ濡れたままだった。

「すみません、もう終わります」

テーブルには卓上からはみ出すほど試作品の皿が置かれている。カウンターにはメニュー表の下書きが、先ほどまでまとめていた予算表や文化祭中のシフト表と一緒に散乱していた。

「これ全部、茜の役目か？」

テーブルの前で皿にラップを張っていた茜は、顔も上げずにうなずいた。

「まだ終わってなくて。明日までに提出しなくちゃいけないのもあるんです」

それからレシピも清書したいし、朝は早くに行って教室の飾りつけを進めたい。みんなで試作するための準備、材料のチェック、それから……。

青藍が、ふとため息をついたのがわかった。

「それは、茜が一人で全部やらなあかんことか？」

思わず手を止めた。

カウンターの向こう、キッチンで青藍が棚からマグカップを二つ取り出している。薬缶《やかん》に水を入れて火にかけるのを外から見つめているうちに、ふいにほろりと言い訳のように、口からこぼれおちた。

「……だって、みんな部活とかあるから。忙しいって言うから」

「ああ」

その優しい相づちが、この先の茜のどうしようもないどろどろとした気持ちを、聞いてやると言っているように思えた。

「……でもわたしが委員長だし。ちゃんとやらなくちゃ……」

そうか、とうなずいた青藍は、片手間に冷蔵庫を引き開けて、牛乳をカップに注ぎ入れてレンジであたためている。その上に直接インスタントのコーヒードリッパーをセットしていた。

その手つきがぎこちなくて、見ていてはらはらする。

「──茜はもしかしたら、もうちょっとだれかに頼ってもええのかもしれへんな」

ことりと皿をテーブルにおいて、茜はわずかにうつむいた。

とぽとぽと湯を注ぐ音がする。少し止まって、それからまたとぽ、とぽ。

ふわりと香ばしいにおいが立ち上る。

「ぼくは──」

青藍が並んだカップから目を逸らさずに、ぽつりとつぶやいた。

「陽時がいるから、絵を描き続けられる」

あの青藍の仕事部屋を管理しているのは陽時だ。絵具に紙に筆に膠《にかわ》、様々な道具と材料をそろえ、青藍がその腕を存分に振るえるように手配するのが、陽時の仕事だった。

それは他のだれにも肩代わりできないと、この夏、茜も知ったのだ。

「すみれがいるから朝起きられるし、茜がいるから、食事がおいしいて思える」

顔を上げた先、カウンターを挟んで、いつの間にか青藍もじっとこちらを見つめていた。

この人はずいぶん表情豊かになった。

こんな――泣きそうで悲しそうで、愛《いと》おしそうな顔をだれかに見せるような人ではなかった。

「月白さんがいたから、絵を描く楽しさを知ることができた」

青藍の黒曜石の色をした、奥知れぬ芸術の深淵《しんえん》をのぞくその瞳が、今は茜だけをとらえている。

「人はどんなにがんばったかて、一人では生きていかれへんてぼくは思う。ぼくらはそれを知るのに、えらい長いことかかったから……」

マグカップを二つ持って、リビングへ戻ってきた青藍がそれをテーブルの上に置いた。

それからしばらく迷って、その大きな手がこちらに向かって伸ばされる。

くしゃり、と茜の髪をかきまぜた。

いつもすみれにやるように、くしゃくしゃとかきまぜてそうしてするりと離れていく。

「――茜はようがんばってる。ちゃんとだれかが見てる」

ぽつりとそれだけだった。

胸の奥からこみ上げるものを、茜は一生懸命呑み込んだ。

がんばることだって懸命に向き合うことだって、嫌いではないのだ。

でもきっとただ、だれかに言ってほしかった。

——きみはがんばっているね、と。

茜はこぼれそうになった涙を、ぐっと拭《ぬぐ》った。

手伝うよ、と言ってくれた瑞穂の気持ちを突っぱねてしまったのが、まだ心にじくりと残っている。

ちゃんと茜のことを見てくれて、手を差し伸べようとしてくれている人がいると。茜は結局、気づいていなかっただけなのだ。

「明日……ちゃんとみんなに、お願いしてみます」

瑞穂に謝ろう。そうしてお礼を言って、素直に手伝ってほしいと頼んでみよう。

「たまには、ぼくにも頼ったらええんとちがうか」

ほら、と青藍が机の上のマグカップを一つ、茜に手渡してくれた。

「ぼくかてコーヒーぐらい、淹《い》れられる」

カップの中で、淡い茶色のホットカフェオレがあたたかな湯気を立ち上らせている。

3

次の日、朝から文化祭準備中の学校では、その絵の話でもちきりだった。

実習棟の三階、空き教室の黒板に突然現れた、美しい青い絵のことだ。

「――だれが描いたか、わからへんのやって」

登校したその足で、実行委員会の集まりに顔を出していた茜《あかね》は、隣に座っていた先輩がそう言っているのを聞いた。

あの青い水庭の絵のことは、すでにあちこちで噂になっていた。

けれどだれが、なぜ描いたのか知っている者は現れず、結局、手の込んだ悪戯書《いたずらが》きだろうということで落ち着いた。ただその絵があまりに見事なので、消さずに文化祭期間中は展示物として教室を開放することにしたそうだ。

「うちも見に行ったけど、ほんまにきれいやった……！」

聞こえてくる声に、茜はうんうんと勝手に心の中でうなずいていた。

もしかすると昨日、茜があの絵の美しさを知った一番乗りだったかもしれないと思うと、少しうれしくもあった。

でもこれだけ騒ぎになっても、描き手が名乗りを上げないのは少し不思議だな、と会議の資料をまとめて鞄に突っ込みながら、茜は思う。

あの絵をだれが描いたのだろう。

美しい水庭に、凪《な》いだ心を求めたその人に、茜は会ってみたいと思うのだ。


教室に戻った茜は、ドアを開けて目を丸くした。すでに半数以上のメンバーが登校していて準備を始めていたからだ。

「ああ、七尾《ななお》さんおはよう！」

瑞穂《みずほ》がぱあっとこちらに手を振ってくれる。昨日のことがあって少し気まずくて、茜はぎこちなく「おはよう」と返した。

ホールは茜の知らないうちに、すでに完成間近になっていた。

窓はカッティングシートを使って、ステンドグラスふうにアレンジされている。差し込む光が、教室の床と壁を赤や青、緑に染めていた。天井からは昨日はなかったレースカーテンがたれ下がり、テーブルには花瓶に挿《さ》した花があしらわれている。

「いつの間に……」

茜が驚いていると、駆け寄ってきた瑞穂が自慢げに胸を張った。

「午後からみんな部活があるから、朝ちょっと早く集まろうてホール班に連絡回したん」

ほら、とだれかを手招いている。

「そしたら野球部が班とか関係なく手伝ってくれてん。あいつら力あるから、重いもの持ってくれて助かった！」

気まずそうにこちらへやってきたのは、政吾《せいご》だった。茜と目が合って、それからぼそりと言った。

「昨日ごめんな、七尾さん」

ぱしんと目の前で両手を合わされて、茜は思わずきょとんとした。

「昨日、部活帰りにさ、七尾さんが一人で教室の準備してるの外から見ちゃって……」

政吾がぐっとうつむいた。

「七尾さん一人でめっちゃがんばってて……だからごめん」

それでクラスの野球部員全員で、早朝から教室の準備を手伝ってくれていたそうだ。

茜は慌《あわ》てて手を振った。

「部活忙しいのに、ごめんね。わたしが――」

やっておくのに、と言いそうになって、ああ違うと思う。昨日青藍《せいらん》に言われたばかりだった。

だれかに頼ってもいいと、教えてもらったのだ。

「あの……ありがとう」

口元がにやける。うれしくてむずむずと顔がほころんでしまう。

だって本当にうれしかったのだ。やっと、文化祭に向けてクラスが一つになったような気がしたから。

「すごく助かったし、一緒にクラスの準備ができてうれしいよ」

ふふ、とこらえきれない笑みがこぼれる。

その瞬間に政吾が、ぶわっと目を見開いたのがわかった。耳の先が赤くなっていて、一度合ったはずの視線をぶんっとすごい速さで逸《そ》らされた。

「いやあの、大丈夫。おれめっちゃがんばるんで！　何でも言うて、どんな重い荷物も持ちます」

「——いや、あんたの仕事はホールやなくてクレープ作りやし」

冷ややかな声とともにバシンっと音がして、政吾の体が傾いた。みはなが政吾の背を、クリアファイルで叩いたのだ。

「七尾さん気ぃつけや、うちの野球部チャラいて評判やから」

「はぁ？　チャラないし、いい加減なこと言うな」

「うっさいな。カラオケとか誘われても、のこのこついていったらあかんよ」

「まてまておれらチャラないから、ぜんぜんやから。ね、七尾さん！」

途中からぶんっとこっちを向いた政吾の勢いに押されて、茜は思わずうなずいた。クラスメイトたちのやりとりは冗談を交えつつ早口で、ときに怒濤《どとう》の勢いで展開される。

これぱかりはこちらに越してきてから何年経《た》っても慣れなくて、茜はときどきテンポに乗り遅れるのだ。

「う、うん。野球部はチャラくなくて、カラオケは、えっと、行かない？」

「できればカラオケは行きたいです」

妙にしゃちほこばった敬語で政吾がびしっと手を上げるので、またみはなに後ろから叩かれていたのがおかしかった。

なおも言いつのる政吾を無視して、みはながはい、とクリアファイルを渡してくれる。

「印刷室借りて、刷ってきた」

昨日の夜、クレープ班のメンバーに送っておいた、レシピと試作品の写真だ。思わず顔を上げると、みはなが気まずそうに笑っていた。

「……メッセージ、夜中の一時やったしびっくりした」

「みんなもう寝てたよね。遅い時間にごめん」

そうじゃなくて、とみはなが焦《じ》れたように言った。

「遅くまで考えてくれてたんやなあって。クラスのこと、適当にしたつもりはないんやけど。手伝えてなくてごめん」

ううん、と茜は首を横に振った。

「ありがとう、うれしい」

みはなが照れ隠しのように、そういえばと続ける。

「クレープ班でうちを選んでくれたの、七尾さんやんな？　理由聞いてもええ？」

みなの視線が集まるのを感じて、茜はなんだか気恥ずかしくなって、うつむき加減にうなずいた。ホール班もクレープ班も、くじ引きで決めなかったのにはちゃんと理由がある。

「みんなの部活とか授業中の様子なんかを参考にして、その人が得意そうだったり楽しそうにやってくれそうなところを選んだんだ」

ほら、と茜は抱《かか》えていたクラス名簿を見せた。そこには所属する部活や好きな教科、何が得意そうか、茜がわかる範囲で書き込んである。

「市ケ谷《いちがや》さんは、吹奏楽部で経理をやってるよね。今回メニューの予算が厳しくて、助けてもらえるかなって思って」

それにみはなはしっかりもので、班をまとめてくれるとも思っていたのだ。

みはなが目を丸くしてその名簿をのぞき込んだ。そうして、はは、っと笑う。

「ほんま、真面目《まじめ》やなあ、七尾さん」

この〝真面目〟は、陽時《はるとき》のそれに似ていて、どこかうれしかった。

「じゃあおれは！」

政吾がずいっと割り込んでくる。

「木下《きのした》くんは、おうちがお好み焼き屋さんだって聞いたから。クレープに似てるかなと思って」

途端に、みはなと政吾が顔を見合わせた。

「似てるかな……？」

みはながぽつりと言った。

「粉もんってとこぐらい？」

「クレープって粉もん扱いでええん？」

周りのクレープ班の面々も微妙な空気をただよわせていて、茜はあれ、と首をかしげた。

「でもどっちも鉄板で焼くよね？」

「七尾さん、おれら今回鉄板使わへんし。レンジやし。そもそもお好みとクレープ、ぜんぜん違うし。……もしそれが理由やったら、結局おれの出番あらへんやん」

政吾に突っ込まれて、茜はあっとつぶやいた。

ふはっとみはなが噴き出す。

「七尾さん、以外とそういうとこあるんや。めっちゃかわいいやん」

そのかわいい、は手のかかる妹や弟に向けるような……たとえば青藍たちがすみれを見るときのちょっとほほえましい、〝かわいい〟だ。

これでも、しっかり者のお姉ちゃんで通ってるんだけどな、となんだか心外に思って、茜がぐう、と黙り込むと、それがまた何かのツボにはまったらしい。

今度こそ教室の中に、みんなの笑いがはじけた。

でも、と茜はぎゅっとレシピの入ったクリアファイルを、胸の前で抱きしめた。

なんだかドキドキする。

みんなが一つのものを作り上げるときの、高揚感《こうようかん》が心を満たしていく。

「楽しいね」

みはなと政吾が顔を見合わせて、そうしてはじけるように笑ってくれるから。

――その瞬間をあとで思い出して、茜は少し後ろめたくなる。

このとき茜の心の中には、月白邸《つきしろてい》のことも青藍たちのこともすみれのことだって、全部どこかに行ってしまって。

この高校二年生の七尾茜でいる瞬間が、楽しくて楽しくて仕方がなかったのだ。

――しんとした沈黙を挟んで、茜はちらりと隣を歩く瑞穂を見やった。

周囲にクラスメイトたちがいると、瑞穂もいつもどおりだったのだけれど、二人きりになるとまだ、昨日の気まずい雰囲気を引きずっているようだった。

美術室に借りていた道具を返却しに行くので、手伝ってほしいと瑞穂を誘ったのは、茜だった。

それは言い訳で、本当は二人で話す時間がほしかったのだ。

渡り廊下で茜は立ち止まった。一歩先を歩いていた瑞穂がこちらを振り返る。

「……昨日は、ごめん」

ぐっと頭を下げた。

「一人でいいとか言っちゃった。せっかく山辺《やまべ》さんが手伝ってくれるって言ったのに」

それを自分勝手な感情で突っぱねたのは茜だ。あのときの苦い気持ちはまだ胸の奥底でぐるぐるとわだかまっている。

「わたし教えてもらったの。もっとだれかを頼ってもいいし……ちゃんと見ててくれる人がいるって」

大丈夫だと頭を撫でてくれた青藍の、あの大きな手の感覚が、ふとよみがえった。

それだけで心の中がじわり、とあたたかくなって、満たされる気がする。

瑞穂が向き直った。

「ううん。みんな七尾さんがしっかりしてるから、ちゃんとやってくれるやろうって、押しつけてたん。だから、あたしもごめん」

茜は首を横に振った。瑞穂がどこかほっとしたように息をついた。

「七尾さんに嫌われちゃったかと思たから、ほっとした」

「そんなこと絶対ない。今日も山辺さんががんばってくれてて、すごくうれしかった」

「瑞穂」

きょとん、とした茜に、瑞穂が悪戯っぽく笑う。

「同じクラスになって半年も経《た》つのに、名字てさびしない？　茜ちゃん？」

瑞穂のこういうところが、きっと人に好かれるんだろう。人と人との距離感のつかみかたがとても上手で——今、茜がもう少し瑞穂と仲良くなりたいと思っていたのを、ちゃんと察してくれたみたいだった。

「……瑞穂ちゃん」

「うん」

そうして、うれしそうに屈託なく笑うのだ。

「――それで、だれに教えてもらったん？」

「へ？」

「今言うたやん。頼ってもいいって教えてもらったって。あのとき茜ちゃん、もうめっちゃええ顔してたよ」

ニヤリ、と瑞穂がうってかわって含みのある笑みを見せる。茜はぎょっとして目を見張った。

「なんかもう、見てるこっちがちょっと照れるぐらいの――大切って感じの顔」

そんなのちっとも意識していなかった。今になって急に、ぶわりと顔に熱がのぼるのがわかる。

あの人のことをなんて説明すればいいのだろう。

居候先《いそうろうさき》のお兄さんで家主《やぬし》で――いつだって茜とすみれのことを、一番に考えてくれる。

「た……………大切な人、かな」

散々困って、瑞穂の言葉をそのまま借りるしかなかったのだけれど。今のこの瞬間にどんな顔をしているのか、自分では見られなくてよかったと、心底そう思ったのだ。

――渡り廊下の先は実習棟としては珍しく、生徒でごった返していた。みなこぞって三階に上がっていく。

「ああ、そういえばなんか、黒板に絵が描いたあったんやっけ」

瑞穂が思い出したかのように言った。

言われてみれば、朝からずっと文化祭の準備に追われていたせいで、茜も今日は、まだ見に行くことができていなかったのだ。せっかくここまで来たのだからと言う瑞穂に続いて、茜も階段を上がる。

「実はあたし、先輩が撮らはった写真見せてもらってん」

瑞穂が得意げに言った。

「すっごいきれいな……青い池の絵やった」

「モネ」

階段の先を見つめたまま、茜はそうつぶやいた。

「モネの『睡蓮《すいれん》』だよね」

瑞穂が目を見張った。

「え、すごない!?　よう青い池でわかったね」

茜はくすりと笑って首を横に振った。

「すごくないよ。朝からいろんなところでモネだって噂になってた」

それに実は昨日その絵を見たんだ、と続けようとして、茜はどこかであれ、と引っかかりを覚えた。

何だろう、と違和感に首をかしげているうちに、階段を上がりきる。

三階のあの教室からは、人があふれていた。

廊下の窓もドアも全部開け放たれていて、人込みの向こうにその絵が見える。

差し込む陽光に照らされた――『睡蓮』だ。

「うわ、すっご……」

隣で瑞穂が、感嘆の声を上げる。

青く美しいモネの『睡蓮』だ。

ぐっと沈むような、どこか哀《かな》しみさえ感じさせる深い青。揺らぐ水面《みなも》に、ぽつり、ぽつりと開く桃色と白の睡蓮。

靄《もや》がかかったように全体が白く、淡く。

見つめていると、心が穏やかに凪《な》いでいく。

ふと教室の端に目をやる。ひっきりなしに押し寄せる野次馬たちに紛《まぎ》れて佐喜《さき》がいた。

青い水庭の広がる黒板を見つめて、その目をきゅう、と細める。それはどこかうれしそうで、けれどもどかしそうにも見えて。

その複雑な表情を見た瞬間。茜はふいに、先ほど意識の隅にひっかかった違和感の正体に思い当たった。

そうして──その深く青い色の庭を描いたのがだれなのか。きっと佐喜は知っているだろうと思ったのだ。

4

京都御苑《ぎょえん》の紅葉《もみじ》が鮮やかに色づいている。紅《くれない》や橙《だいだい》色に染まった木々の間を、めっきり冷たくなった風が吹き抜ける。空は晩秋らしくぐっと高く澄み切っている、その日。

茜《あかね》たちの高校の文化祭──霜月《しもつき》学校祭は二日目を迎えている。

午後四時前。茜たちの『2－3　クレープカフェ！』は異様な緊張感に満ちていた。

「だれかのお兄さん？」

「親子？　きょうだい？」

「芸能人とか……？」

ひそひそとかわされる声を背に浴びながら、茜は胃の痛くなるような思いでテーブルにメニュー表を差し出した。

「……来るなら先に一言、言っておいてください」

教室の中で周りからの視線を一身に集めているのは、青藍《せいらん》と陽時《はるとき》、そしてすみれだった。

高校生用の椅子に、青藍が長い脚を持て余して窮屈《きゅうくつ》そうに座っている。いつもの着物姿ではなく落ち着いたグレーのセットアップスーツだ。磨き上げられたレザーシューズが、窓からの陽光をつるりと跳ね返している。

その隣では陽時が、まばゆいばかりの笑みを振りまいていた。ざっくりと編まれたライン入りのニットカーディガンと、すらりと組んだ脚にぴったりと添うようなデニム。真っ白なスニーカーは、たぶん新品だ。

その間に附属小学校の制服を着たすみれが、やや緊張ぎみにちょこん、と座っていた。

「茜ちゃん、びっくりした？」

茜を見てほっとしたように破顔《はがん》したすみれが、はしゃいだ声を上げる。

「うん。びっくりした。すみれは何にする？　林檎《りんご》？」

「すみれは林檎のクレープ。あとオレンジジュース！」

はいはい、と注文を取って傍《かたわ》らを見やった。青藍と陽時が額《ひたい》を突きつけ合ってメニューを真剣にのぞき込んでいる。やがて青藍がのそっと顔を上げた。

「コーヒー。あと、甘くないクレープ」

「おれもコーヒーと抹茶《まっちゃ》クレープでお願いしまーす」

はい、と返されたメニューを受け取って、茜は嘆息《たんそく》した。

「すみません。すみれが行きたいって言ったんですよね……」

妹のわがままに付き合ってくれたのだと思ったのだ。けれど陽時がにっと笑って、青藍を指した。

「行くって言ったのは、こいつ」

舌打ちでもこぼしそうな顔で、青藍が視線を逸《そ》らした。

「……樹《いつき》さん、忙しかったんやろ。茜の行事にぜんぜん行けてへんかったって、すみれが言うてた」

母が亡くなって京都に来たあと。父は茜の参観日や運動会、文化祭、音楽会といった行事に来ることはほとんどなかった。そういう行事はたいてい日曜日や祝日だったから、店を休むわけにはいかなかったのだ。

すみれの幼稚園の行事は、時間が合う限り茜が顔を出していたけれど、それも父と二人で見に行ったことはない。

「茜が……がんばってたからな」

その声に。茜はなんだかぐっと泣きそうになるのを一生懸命こらえて、ぺこりとお辞儀をした。

「すぐに持ってきますね」

教室を二つに区切ったカーテンの向こう側、厨房《ちゅうぼう》に戻る。

その瞬間、待ち構えていたように瑞穂《みずほ》が駆け寄ってきた。

「あれって茜ちゃんの親戚？」

「うん。真ん中のが妹のすみれで、隣は居候《いそうろう》させてもらってる家の人だよ。遠い親戚で、両親がいないわたしたちを引き取ってくれたんだ」

いつの間にか厨房側には、ホールスタッフまでが大集結している。

「七尾《ななお》さんの親戚やて。あと妹ちゃん」

「親戚!?」

「なあ聞いて聞いて表のすごい人ら……」

さざ波のように噂が広がっていくのを目の当《ま》たりにして、茜は苦笑するしかない。

特に注目の的《まと》になっているのは、やはり陽時だった。

淡いブラウンの髪に甘い垂れ目、口元に浮かべた微笑みは蜂蜜のようにとろけて色気を感じさせる。人当たりもよく、写真を撮ってもいいかという申し出に、心よく応じる声が漏《も》れ聞こえてきた。

あんなのが学校にいたら、きっと女子たちは大変だっただろうと茜は思う。文化祭のたびに女子が押しかけていたというのも、さもありなんと思うのだ。

解凍したクレープを三つ。一つは林檎ジャムと蜂蜜、粉砂糖を散らしてシロップ漬けの林檎を二つ添える。

抹茶は粉砂糖と餡子《あんこ》、抹茶パウダーをまぶして缶詰めのみかんを、青藍のものは、溶かしたバターをたっぷりに軽く粉砂糖を振ったシンプルなクレープだ。

隣で瑞穂が、紙コップにコーヒーとオレンジジュースを準備してくれていた。

「それであの黒髪の人と、茶髪の人、どっちが例の人なん?」

茜は盛りつけの手を止めて、顔を上げた。視線の先で瑞穂がにやにやしている。

「大切な人って言ってたやん。どっち?」

「どっちも、すごく大切だよ!」

茜は慌てて言いつのった。

「そうやけど——どっちが特別なん?」

ホールに続くカーテンを開ける。

その先で陽時が笑っていた。

周囲の女の子に愛想よくひらひらと手を振っている陽時は、本当はとても真面目《まじめ》で気遣《きづか》いのできる人だ。いつだって真摯《しんし》に茜とすみれのことを考えてくれる。陽時がいなければ、月白邸《つきしろてい》は成り立っていないと茜は思っているから。

とても大切な人に、決まっている。

青藍は――。

窓の外をじっと眺めているのが見えた。周りに人がいるのが苦手な人だ。賑《にぎ》やかな場所も本来好まないから、きっと本当に無理を押して茜のために来てくれたのだろう。

ぶっきらぼうで無愛想で、たくさん面倒くさいところもやっかいなところもあって。

でも――いつだって優しい。

その大きな手で茜の頭を撫でて。

がんばったな、と言ってくれるのだ。

あはは、と明るい笑い声が隣ではじけた。

「わかった、わかった。茜ちゃん、全部顔に出すぎ」

「何が!?」

茜は飲み物を持ってホールに出た瑞穂のあとを、自分もクレープをのせた盆を持って、慌てて追った。

青藍がふとこちらを向く。どうしてだかひどく落ち着かない心地がした。

——青藍は周囲から注がれる視線に、思わずこぼしそうになる舌打ちを懸命にこらえていた。それもこれも、隣で愛想を振りまいている陽時のせいだ。

ただでさえややこしい関係なのだから、せめてちゃんとした大人だと思われたい。

そう気合いを入れた結果、周囲にこれでもかとまばゆいばかりの笑みをまき散らしていて、まったく逆効果だと青藍は思う。先ほどからじろじろと注がれる視線が鬱陶《うっとう》しい。

窓の外には、秋の夕暮れがゆっくりと迫っている。

茜は一度挨拶《あいさつ》に来ただけで、あとは忙しそうに教室中を走り回っていた。ホールの手伝いに、裏ではクレープ作り。シフトの入れ替え、衛生管理……。

「七尾さん、もう今日はラストやし、トッピング全盛り作っていい？」

「いいよ、やっちゃおう。豪華になるね」

そう言って笑う茜の顔は、忙しそうながら生き生きと輝いているように見える。

あちこちから呼び止められてそれに答えたり、ときどき冗談なんかを言って、クラスの女子たちと数人で笑い合っている。

「……青藍」

小さな声が青藍を呼んだ。すみれだった。

右手でフォークを握りしめて、林檎のクレープの最後の一口を飲み込んだところだった。

幼い瞳は、じっと自分の姉を見つめている。

「茜ちゃんは……すみれのお姉ちゃんだよね」

すみれの瞳がこちらを向いた。大好きなものをだれかに取られるかもしれない。そういう焦《あせ》りが揺れていた。

月白邸の茜は、いつでもすみれのお姉ちゃんだった。

でもここは違う。ここでは同い年の友だちやクラスメイトがいて、文化祭を作り上げたり他愛ない話で笑い合ったりしている。

すみれの姉でもなく月白邸の居候でもなく。高校二年生の、七尾茜として過ごしている。

青藍は、ぽんとすみれの髪を撫でた。

「茜はずっとすみれのお姉さんやろ」

これからきっと、こういうことが増えてくるだろう。

茜自身が行く末を決めて、すみれの姉にも、月白邸の居候にも縛られなくなる未来がやってくる。

すみれもきっとわかっているのだ。

青藍はほんの少しのさびしさとともに、いつかのその日を思う。

月白邸から彼女が歩みだしていく――その日のことを。

渡り廊下から、夕日が山の端《は》を赤く溶かしていくのが見えた。そのさまはまるで、この時季に色づく紅葉によく似ている。

茜は早足で渡り廊下を抜けた。教室に残してきた青藍たちが気がかりだったが、一つ首を振って先を急いだ。右手に持ったレジ袋ががさりと揺れた。

「――来てくれてありがとう」

三階に上がる階段の前で佐喜《さき》が待っていた。

――青い水庭を描いた人に、会わせてほしい。

茜が佐喜にそう言ったのは、瑞穂とあの絵を見に行った日だ。驚いた顔をした佐喜は、やがて文化祭の二日目に、ここで待ち合わせようと言ってくれた。

階段には夕日が揺らめいている。冬に進むような乾いた冷たさが、体を芯まで冷やしていく。秋の夕暮れは色ばかりが鮮やかだ。

「ようわかったね」

揺れる夕日の赤を踏みしめながら、佐喜が言った。

「ほとんど、当てずっぽうですよ」

茜は肩をすくめた。

「……黒板にあれだけの絵を描くとなったら、何時間もかかるはずだから。普通に考えて、先生の協力が必要なんじゃないかと思って」

文化祭期間中に、練習や準備に使用されることの多い空き教室を、だれにも見られず長時間独占するのは難しい。何者かが部屋を一つ貸し出したと思うほうが自然だった。

佐喜は教室管理を担当していたから、彼であればそれも難しくないと思ったのだ。

「でもやっぱり一番おかしいなって感じたのは……先生、あの日わたしと会ったときに言ったんです」

青い水庭の美しい絵を見たと、茜が言ったとき。佐喜はたしかに、こう答えたのだ。

――それはモネの『睡蓮』だね、と。

瑞穂と話しているときに気がついた違和感は、たぶんこれだったのだと思う。

「わたしあのときたぶん、『青い水庭の絵』を見たって言ったんです。でも先生はそれだけですぐに、あれはモネだ、って」

当然、まだ絵は噂にもなっていない。

「だからあのとき先生は……三階にどんな絵が描かれていたか、知ってたんですよね」

階段を一番上まで上がりきる。

三階の廊下を夕日の橙色が躍《おど》る。チャイムが鳴って茜は顔を上げた。

あと三十分で、文化祭の二日目が終わる。その合図だった。

「――ほんまに知らへんかったよ。あの子に教室を貸してから、見に行ってへんかったし。描けたら勝手に帰るやろうて思うてたから、時間見て、鍵だけしめに行くつもりやった」

だから茜が三階から降りてきたとき、本当にびっくりしたのだと佐喜が笑った。

そうしてほんのわずか、目を細めた。

「でも七尾さんが青い水庭やて言ったとき、すぐにきっと『睡蓮』やろうなって思った」

その美しい『睡蓮』が描かれた黒板を、ゆっくりと通り過ぎる。

そのさきには使われていない教室が続いていて――一番奥の廊下の窓が、少しだけ開いていた。

「彼女は、モネが好きやからね」

――廊下から吹き込む風に、長い黒髪がさらりとなびいた。

すらっと高い背に、腰ほどまで伸びた黒い髪。動くたびに紺色の制服の裾《すそ》が音も立てずに揺れた。

黒板に向き合って手を伸ばす。その指先は細いチョークを握っていた。かつかつと打ちつけては、指先でつい、と伸ばしていく。

青を塗り赤を塗り、黄色を塗り、緑を塗り、そしてまた青を重ねて指と握った拳で、さりさりと混ぜ合わせた。

垂れぎみの目が、まっすぐに黒板に向いている。

茜はその顔に見覚えがあった。

「……泉堂《せんどう》さんだったんだ」

夏休み明けから学校に来なくなった、茜のクラスメイトだった。

教室の端に追いやられてしまった、空き席の主《ぬし》だ。

佐喜がほんの少しその目を伏せた。

廊下の窓から差し込んだ夕日が、とろりと赤くすべてを溶かしていく。

――泉堂多香子《たかこ》はおとなしく、人付き合いが苦手な生徒だった。

目立つことが好きではなくて、いつも隠れるように教室の隅で肩を縮めていた。声が小さくてぼそぼそと話し、人と目が合わせられない。周りもなんとなくそんな彼女を持て余していることに、彼女自身も気づいているようだった。

「美術部員やなかったんやけど、よく絵を描きに来てくれてね――……いろんな絵を模写してたよ。セザンヌ、ルノアール、マネ……印象派ばっかりで、その中でもモネが一番好きやて言うてた」

絵を描いているときが一番楽しいのだと。生き生きと目を輝かせていたのを、佐喜は覚えている。

その彼女が学校に来られなくなったのは、夏休み明けのことだった。

それは周囲にとっては些細《ささい》な、けれど彼女にとっては決定的なきっかけだった。

グループに分かれてのディスカッションで、同じ班の女子が言ったのだ。

――あのさ、泉堂さんて何言うてるかぜんぜんわからへん。ぼそぼそせんと、はっきり自分の意見言うてや。

その女子も意見がまとまらずに苛立《いらだ》っていたのだと、あとから聞いた。けれどそこから一言も話せなくなった多香子は、次の日から教室にも入れなくなった。

だれかが自分を見ている気がする。噂になっている気がする。みんなこっちを見て、わたしのことを笑っている気がする。

人の目が怖くて声が怖くて。

あの空間にいるのが息苦しくてたまらない。

それから多香子は、学校の時間を保健室か美術準備室で過ごすようになった。ずっと息苦しそうだった彼女が、キャンバスの前でだけ呼吸ができるようだった。

そんな多香子に、文化祭で絵を描いてみないかと提案したのは佐喜だった。

教室管理の担当が佐喜に回ってきたのがきっかけだった。空き教室を都合するくらいはなんとかなりそうだったから、そこの黒板に思い切り、好きな絵を描いてみないかと多香子に言った。

彼女が彼女なりに、このお祭りを楽しめるようにと思ったのだ。

多香子は少し逡巡《しゅんじゅん》して、けれど小さくうなずいてくれた。

——きみに会いたがっている人がいる。きみのクラスメイトだ。

佐喜が多香子にそう告げたのは今日のことだ。

だから少しだけきみのことを、その人に話してもいいかと問うと、彼女はずいぶん長くためらっていた。

佐喜の目の前で茜が手のひらを握りしめた。多香子の迷いは当然のことだと思っているのだろう。

「でも、泉堂さんはうなずいてくれたよ」

その言葉に、茜は意外そうに顔を上げた。

「七尾さんやったら大丈夫やて、ぼくが保証しといたからね」

彼女はたぶん絵を見る目がある人だと佐喜は思う。

それは的確な絵の批評ができるということではなくて——絵を見て、それを描いた人の心を想像できるということだ。

絵には描いた人の心がのると佐喜は思う。

七尾茜は描かれた心に、そっと寄り添うことができる人なのだ。

それをいつ、どこで身につけたのかは、想像に容易《たやす》い。

彼女のそばには圧倒的な腕を持つ絵師がいることを、佐喜は知っている。

「七尾さんやったら、彼女と会《お》うて、話して……あの子の心に触れられると思たんや」

一つ深呼吸をして茜がドアに向かうのを、佐喜をはじっと見つめていた。その背は緊張で心なしかぴしりと伸びている。

やがて茜は決意を固めたようにドアに手をかけた。


——茜は夕暮れの光の中、一心不乱に絵を描く彼女に、声をかけるのをためらった。

朱色の光を浴びてまっすぐに黒板に向き合っているその人が、とてもきれいだったたから。

ここは彼女のための場所で、茜が声をかけたら硝子《ガラス》細工のように粉々に砕けてしまうような気がした。

ここは青藍の仕事部屋に似ていると思う。

夜、青藍が本当に集中しているとき、あの部屋にはだれも近づくことができない。

けれど茜は、あの静寂《せいじゃく》の空間で一人きりになってしまう人を知っている。その人に手を伸ばして、まっすぐ見つめて。

いつだって大丈夫だよ、と言える人になりたいのだ。

茜はくるりとドアに背を向けると、後ろ向きにこんこんとノックした。

チョークの音が止まる。一瞬の静けさが訪れる。

「久しぶり、泉堂さん。三組の七尾茜です」

顔は見えない。ただ彼女がドアの向こうで息を呑んでいる気配がした。

「佐喜先生がそばにいるし、わたしはここから入らないです」

それで、張り詰めていた緊張がほっとほどけたのがわかった。

ドアを少しだけ開けて手だけを思い切り伸ばす。一番ドアのそばにあった机に、持ってきたレジ袋を置いた。

「これ、おみやげ」

こつ、こつと足音だけで、多香子がそっと近づいてくるのがわかる。

「……これ？」

ぽそり、とか細い声が聞こえた。

「うちの模擬店のだよ。今年はクレープとジュースでカフェをやったんだ」

そうだった、クラスで彼女はいつもこんなふうに話していた。

かすかな声で先生も何度も聞き直すことがあって、そのたびに居心地悪そうに肩を縮めていたのを、茜も今思い出した。

どうしてもっと早く、気づくことができなかったのだろう。

結局自分だって無関心な態度をとっていて、彼女にとっての息苦しさの一端になっていたのかもしれないと思う。

後悔はいつだって先に立たずだ。

それでも、何もしないでいることはたぶん茜にはできない。ここからでもきっと、やれることはあるはずだから。

「会いたいって言うてくれたの、七尾さんやったんやね」

「うん。わたし……あの絵を描いた人に会ってみたかったの」

あの青い水庭は、見ているだけでざわついた気持ちを落ち着かせてくれた。あの『睡蓮』には、描き手の心がのっている。

瑞穂に嫌なことを言って、心が張り裂けそうになっていたときだ。

あの青い庭の絵が、さざ波だった心を穏やかにしてくれた。

一度立ち止まって、そうして息をついて。

ゆっくり歩むといいと、そう言ってもらえたような気がしたのだ。

「あんなふうに、優しい『睡蓮』を描く人がだれなのか、知りたかったんだ」

息を呑む気配。こつり、とゆっくり近づいてくる足音。

扉一枚隔《へだ》ててそこにいるとわかる。

「……わたしね、大好きなんやあ、モネ」

「うん」

「見てると落ち着いた気持ちになって……ここでやったら息ができると思うの」

ほんの数センチ開いた向こう側から、そろりと指先が見えた。青いチョークの粉がついている。

チャイムが鳴る。どこかで歓声が聞こえた。

文化祭の二日目が終わったのだ。

「わたしも、泉堂さんの『睡蓮』、大好きだよ」

遠くの歓声に交じるように。ほんの小さな声が聞こえた。

「……よかった」

顔は見えなかったけれど、ドアの向こうで、多香子が笑っているといいなと茜は思った。

5

客たちがすでに帰りについているはずの、午後五時半。夕日も沈み、染《し》み入《い》るような青い色が窓の外に見える京都御苑《ぎよえん》を深く染め上げている。

廊下や教室から漏《も》れる光が、やけにまぶしく感じた。

佐喜《さき》と別れた茜《あかね》は、教室のそばまでたどりついてぎょっとした。廊下にまで人があふれ出していたからだ。他のクラスからも野次馬がぎゅうぎゅうに集まっている。

嫌な予感がして、茜は人込みをかき分けて教室に駆け込んだ。

その瞬間。

鮮やかな——紅《くれない》が目の前を彩《いろど》った。

「え……」

教室に、紅葉《もみじ》が色づいている。

息を呑むほど美しく、光の差す方向がわかるほど葉の五指が陽光にきらめいている。それが黒板に描かれた絵だということに、茜は一拍遅れてようやく気がついた。

呆《ほう》けたようにその絵に見入った。

チョークで描かれたとは到底思えない、鮮やかな絵だ。

見上げた葉が陽光を透かしている。

赤朽葉《あかくちば》、紅、赤、朱、赤橙《あかだいだい》に、黄丹《おうに》、山吹《やまぶき》——……。

チョークで表現された色の重なりは、晩秋にほんの一瞬だけ訪れる、美しいそのありさまを切り取ってしまったかのようだった。

こんな絵を描くことができるのは、茜の知っている限り、一人しかいない。

「茜、遅かったな」

顔を上げた先で、青藍《せいらん》がぱたぱたと両手を払っていた。その顔はいつもどおりぶっきらぼうだったが、見慣れた茜にはわかる。

黒曜石のような深い色の瞳には、好奇心の光がちらちらと瞬《またた》いている。それをきゅうと細めてこらえきれない笑みを口元に浮かべるそのさまは、どこか得意げだ。

さっきまでそこには、『2－3　クレープカフェ！』と、クラスの美術部員渾身《こんしん》のファンシーな文字が躍《おど》っていたはずだった。

「青藍が絵師だって言ったら、描いてくれって頼まれたんだよ」

椅子に座って優雅にコーヒーを飲んでいる陽時《はるとき》が言った。長い脚を持て余すように組んでいて、教室の味もそっけもない椅子が心なしかオシャレに見える。

「……え、それで描いちゃったんですか？」

茜は思わず青藍を振り仰いだ。

この人は画壇でも引っ張りだこの新進気鋭の絵師である。そのくせ気に入った仕事しか受けない偏食っぷりで、黒い高級車に乗ってやってくるようなえらい人が、門前払いを喰らってすごすごと帰りにつくのを、茜も何度か見ていた。

そんな人の絵が高校の教室に現れてもいいものだろうかと、茜は顔を引きつらせた。

ぱちぱちと拍手が聞こえた。

「――いや、すっげえな東院《とういん》」

野次馬をかき分けて教室に入ってきたのは時田《ときた》だった。

野球部の顧問で茜のクラスの現国の担当でもある。小柄ながらがっしりとした体つきで、ジャージにパーカーというういつもよりラフなスタイルだった。

時田は青藍の、高校時代の同級生だ。

「騒ぎになってるから何か思たら、相変わらず目立つなあ……」

高校生のころの青藍も、身長と目つきと、今に輪をかけた人嫌いぶりでずいぶんと目立っていたそうだ。

けれど半ば呆《あき》れたように見上げた時田のそれは、照れ隠しも含んでいるような気が、茜にはしている。

二人が顔を合わせるのは、おおよそ十年ぶりだ。

青藍がふん、とよそを向いた。

「もう東院やない」

高校生のころはまだ、青藍は「東院」の名字を使っていたのだ。

「ああ、そっか。……久我《くが》。久我青藍」

時田の瞳に赤い紅葉が揺れている。かつて約束の紅葉の色を塗り潰《つぶ》した赤い色だ。

「……久しぶりやな」

そうぽつりとこぼした青藍と時田とのことを、茜はほんの少しだけ知っている。茜と同い年であったころの二人が、それぞれ抱《かか》えていたわだかまりのことも。

「絵師やて聞いてたけど、今も昔も……ほんまに上手やな」

「当たり前やろ。ぼくが描いたんや、美しいに決まってる」

青藍の瞳が爛々《らんらん》と輝いている。

この人は自分の絵を謙遜《けんそん》しない。この手から生まれるものが、もっとも美しいのだと知っているからだ。

時田が目を見張って、やがて敵《かな》わないといったように嘆息した。

「そうやな。おれも……約束どおり、色の塗り方ちゃんと教えてもらえばよかったわ」

青藍と時田が交わした約束は、結局そのとき果たされることはなかったのだけれど。どことなく気まずそうに、けれど互いに顔を見合わせてふと笑った二人を見て。

あれからの十年が、これから少しずつ埋まっていけばいいと茜は思うのだ。

さて、と息をついた時田は、次の瞬間、懐《なつ》かしさに目を細めるかつての高校生ではなく、すでに教師の顔に戻っていた。

ぱんぱんと手を叩いて、周囲の野次馬たちに声をかける。

「ほらおまえらも、今日は終わりやで。さっさと帰る！　明日もあるんやから、早《は》よ帰って早《はよ》う寝え」

わっと生徒たちがいっせいに散っていく。

「東院……やなかった、久我も。ここは二年三組の模擬店ですから、さっさとそれ消して帰ってな」

「ぼくの絵を消すて言うたか？」

青藍が思わず詰め寄った。時田のほうがずいぶん小柄だが、一切ひるむ様子はない。

「ここは生徒の模擬店教室やねん。どうしても絵描きたかったら、明日空き教室で許可取ってお願いします」

わざとらしくにやりと笑った時田に、ぐう、と青藍が手を握りしめた。

「……このぼくの絵やぞ」

「生徒優先」

とりつくしまもない時田に、青藍が苦々しげにちらりとこちらを向いた。

「茜、なんやあいつ。ぼくの絵を消すて言いよる」

拗《す》ねたように顔をゆがめる青藍は、まるですみれのようだ。陽時が後ろで机に突っ伏して震えていた。

「あははっ！」

とうとう噴き出したのは、時田だった。

「おまえ……変わったなあ」

涙の滲《にじ》んだ目で青藍を見やる。

「でも悪ない」

青藍が複雑そうな顔で、それでもたぶん笑ったのを茜はちゃんと見たのだ。

夜の月白邸は静寂《せいじゃく》に沈んでいる。

庭を吹き渡る風は冬の冷たいにおいをはらんでいて、季節はたしかに進んでいるのだと感じるのだ。

いつものように盆に水と肴《さかな》をいくつか用意して、茜は青藍の部屋をたずねた。月白邸に戻ってきたあと、その瞳にずっと炎がちらついていて、今日は絵を描く日だろうと思ったからだ。

案の定、青藍は月白《つきしろ》の課題に向かっていた。

青藍の仕事部屋にはいつも、涼やかな白檀《びゃくだん》の香が薫《た》かれている。膠《にかわ》や絵具のにおいが混じって、それがとても落ち着くのだ。

「……仕方なしやからな」

ぶつぶつとそう言いながら、青藍は茜に向き直った。その手に握られた筆には深い青色がついている。

桜の枝をかすめるように、小さな青い燕《つばめ》が飛んでいた。

そのくちばしで鮮やかな紅葉をくわえている。それでこの燕が時田だとわかった。

「青藍さんにもお友だちができてよかったです」

「阿呆、友だちやない、あんなん」

あぐらをかいて座り込んで、頬杖をつく。よそを向いた青藍が拗ねているような照れているような、まんざらでもないように見えて。

茜はくすりと笑ったのだ。

「──……ぼくのそばには、いろんな人がいたんやな」

それはほとんど独り言だった。猪口《ちょこ》から酒を呷《あお》って、ぼんやりと絵を見つめている青藍に茜は多香子を重ねた。

不器用で、周囲にうまく馴染《なじ》めなくて、息苦しくてたまらない。けれど大切なものの前ではまばゆいほどの情熱を見せるのだ。

わたしには、そういう情熱は何もない。

今まで──お姉ちゃんだとか委員長だとか、与えられたものの中で懸命に生きてきた。

でも七尾茜は何がしたいのだろうか。

茜は目の前に広がる、花のない桜の絵をじっと見つめた。

もし夢があるとすれば。

これまでの青藍を支えてきた、たくさんの人のように。──月白のように。

不器用で優しい人たちの、その道を支えられるものになりたいのかもしれないと。

そのときふと、そう思ったのだ。

三　龍と冬枯れの空

1

冷え切った空気が瑠璃《るり》色の空を冴《さ》え冴《ざ》えと見せる。ほう、と吐いた息が雲のようにふわりと立ち上った。

茜《あかね》は目の前に広がる、石造りの無骨な鳥居をじっと見上げて、口元をほころばせた。ここに来るのもずいぶんと久しぶりだ。

岡崎《おかざき》から車で十数分、京都《きょうと》でも有数の神社、北野天満宮《きたのてんまんぐう》である。

ずっと伸びる参道のあちこちに、フランクフルトや肉巻きおにぎり、たまごせんべい、フライドポテトとたくさんの屋台が並んでいる。冬の澄んだ空気に、ソースやしょうゆの香ばしいにおいが混じっていた。

「すみれ、たまごせんべい！」

きらきらと目を輝かせたすみれが、一番近くの屋台をびしっと指した。

「お参りが先」

茜がぽん、とすみれの頭を撫でる。

「お小遣《こづか》い持ってきてる？」

すみれが大きくうなずいて、自慢げに自分のポシェットから財布を取り出して、見せつけてきた。

ずっと気に入っていた黄色いあひるのがま口は、いつの間にか使わなくなってしまった。すみれいわく、あれはちょっと「子どもっぽい」のだそうだ。

代わりに昨日ショッピングモールで買ってもらった、紫と淡いピンク色のものを使っている。アクリル製のチャームがいくつかついていた。

「似合ってるよ、すみれちゃん」

茜はにこにこ笑っている陽時《はるとき》をじろりと見やった。昨日、茜が食品エリアで買い物をしている間に、すみれにねだられるまま新しい財布を買い与えたのはこの人だ。

「陽時くん、ありがとう」

「……そのキーホルダーはぼくが買《こ》うたんやからな」

となりから、すかさず青藍《せいらん》が財布のチャームを指した。

「うん、ありがとう青藍！」

ふふーっと笑うすみれに、青藍が満足そうにうなずいた。

茜は呆《あき》れたように嘆息《たんそく》した。少し目を離すとこれだ。

「青藍さんも陽時さんも、もう終わりですからね。最近クリスマスとか年末とかお正月だからって、お財布の紐《ひも》が緩《ゆる》みすぎです」

クリスマスプレゼントは、青藍からは新しい絵具と筆。陽時からは、姉妹ともに新しいコートだった。十二月も終わりに近づくと、年末だからという理由で菓子ばかり買ってくるし、正月は正月でこのありさまである。

このクリスマスからの一週間ほどは不思議なもので、年の瀬だから、新年だからと特に理由はないはずなのに、変に説得力があるような気がしてしまう。茜もなんとなく納得していたのだが、最近甘やかされすぎたと気がついた。

「すみれはちゃんとお年玉もらったでしょ。今日はいくらまで使っていいの？」

「五百円！」

すみれがぱっと手を上げた。茜が一つうなずいて、じろりと陽時と青藍を見やって釘を刺しておいた。

「今日はだめですからね」

しれっと視線を逸《そ》らした青藍と陽時は、すきあらばすぐに、妹を甘やかそうとするのだから。

——北野天満宮は京都の北西に位置する神社で、いわゆる「天神《てんじん》さん」である。周囲には金閣寺《きんかくじ》や平野《ひらの》神社など、有名な観光地がそろっていた。

大鳥居から続く参道をゆっくりと歩く。この時季は初詣客《はつもうできゃく》であふれかえっていて、浮き立った喧騒《けんそう》が耳に賑《にぎ》やかだ。

ここは学問の神様である菅原道真《すがわらのみちざね》が祀《まつ》られていて、受験生たちが合格を祈願しに来る場所でもあった。

「茜ちゃん、牛とか撫でといたほうがいいんじゃない？」

ほら、と陽時が指した先には、牛の像がゆったりと伏せている。御利益《ごりやく》にあやかりたいところと同じ場所を撫でるので、像は磨いたかのようにつるつるになっていた。特に学業に御利益がある神社なので、受験生たちはこぞって牛の頭に触れるのだ。

「就職だって受験にしたって、試験があるでしょ」

「……来年ですよ？」

一年後の御利益の予約は、神様にとってもややこしいものだと思う。

「いいから撫でとき。来年は来年で来たらええ」

青藍が妙に真剣な顔でそう言うものだから、茜は押しに負けてつるつるの頭をそっと撫でさすった。

最近、茜は少し悩み始めている。

すみれとともに生きていくために、就職してお金を稼《かせ》ぐしか道はないと思っていた。けれど、すみれのお姉ちゃんでも月白邸《つきしろてい》の居候《いそうろう》でも、親を亡くした子どもでもない——七尾《ななお》茜が、最近意志を持ち始めている。

それは文化祭のころからで……たぶん、気がついてしまったのだと思う。

わたしには、わたしの人生がある。

決してだれかのためではないそれを、どう歩いていきたいのだろうか。一度決めなくてはいけない時期が来ていて、どれだけ考えてもちっとも答えが出ない。

自分のこと一つ、こんなにわからないものなのか。

つるつるの牛と目が合って、茜はなんだかため息をつきたい気持ちだった。

参拝をすませて、散々迷ったあげくたまごせんべいとジュースを選択したすみれが、満足げにその最後のひとかけらを食べ終えたころ。

茜はぼんやりと大鳥居の前の交差点を見つめていた。

バスが通り過ぎていく。晴れの日の明るい顔をしたたくさんの人たち。父親と手を繋いで歩く小さな子ども——。

「茜」

呼びかけられて顔を上げると、青藍がうなずいた。

「行ってみるか」

そう言われてようやく、茜は自分が無意識にその方向を眺めていることに気がついた。

鳥居の前を、東へ──見知ったその道の先は、上七軒《かみひちけん》だ。

──京都には五つの花街《かがい》がある。祇園東《ぎおんひがし》、祇園甲部《ぎおんこうぶ》、先斗町《ぽんとちょう》、宮川町《みやがわちょう》、そして上七軒。

茜の父は、この街で喫茶店を営んでいた。

母が亡くなって京都へ越してきてから、茜とすみれは父と三人、ずっとここで暮らしてきた。だから北野天満宮は茜たちにとって、もっとも馴染《なじ》みある神社だ。

しばらく訪れなかっただけで街は様変わりしている。おいしかったケーキ店はリニューアルされていて、いつも文房具をそろえていた雑貨店はシャッターが下りている。新しい店がそここにできて、すっかり知らない街のようになっていた。

上七軒通から少しはずれたその場所で、茜は足を止めた。青藍と手を繋いでいたすみれがつぶやいたのが聞こえた。

「……すみれのおうちだ」

その建物はまだそこに、静かにたたずんでいた。

古い茶屋を改装した二階建てで、間口は狭い。表に面した千本格子《せんぼんごうし》の窓、小さな扉は茜たちがいたころそのままだ。

そこに掲げられた看板を見て、茜はどきりとした。

『三月半ばオープン予定』

その下に手書きの素朴な文字で、店の名前であろうアルファベットが綴《つづ》られている。

ここに新しい店ができるのだ。

そう気づいた途端、ぐっと胸が詰まった。ここを離れてこの春で二年になる。街も変わった。ここはもう父の店ではない。

ここはもう、わたしたちの街ではないのだ。

「茜」

青藍の声がどこかぎこちない。きっと気遣ってくれているからだ。

大丈夫、と言おうとして、そうして思い直す。

さびしいのも悲しいのも、大切な感情だともう知っているから。

「……ちょっとさびしいです。でもわたしたちのおうちは今、月白邸ですから」

ね、と見下ろしたすみれが、大きくうなずいた。その手はしっかりと青藍の着物を握りしめている。

きっと少しずつこうやって変わっていくのだろう。街も、そして、茜たちも。

「――……茜ちゃん?」

ふいに呼び止められて茜は振り返った。

最初に目に飛び込んできたのは、鮮烈な赤。どこで見つけてきたのだろうと思うような、真っ赤なデニムのパンツだった。

こっちを見て目を見開いているのは、三十を三つ四つ過ぎた年のころの男性だった。

くるくると先端を跳ねさせたボリュームのあるヘアスタイルに、ライトブルーのレンズが入ったサングラス、赤いパンツに合わせているのは、目がちらちらするような細かな模様の入ったジャケット。底の厚いブーツは一歩進むと、ごつりとアスファルトを殴《なぐ》りつけるような音がした。

そのやや奇抜なファッションセンスに、茜は見覚えがあった。

「……尾道《おのみち》さん？」

「やっぱそうや、茜ちゃんとすみれちゃんやん」

尾道淳吾《じゅんご》は、父の喫茶店のかつての常連客だった。

しばらく考えていたすみれが、ぱあっと顔を輝かせた。

「変な服のおっちゃんだ！」

「うわっ、すみれ！」

「あはは、そうそう。変な服のおっちゃん！」

淳吾は怒るでもなく、大きな手ですみれの頭をわしゃわしゃと撫でてくれた。

淳吾はいつも独特の……よく言えば個性的なファッションセンスをしていて、会うたびにすみれが「変な服」と言うものだから、そういえば毎回ひやひやしていたのだ。

「久しぶりやなあ、二人とも」

懐《なつ》かしい顔に、思い出が一気にあふれ出す。

千本格子の向こうに見える道を、芸妓《げいこ》や舞妓《まいこ》が歩いていく。石畳をこする下駄の音。常連客たちの「いつもの」の声。父のひそやかな笑い声。コーヒーのにおい……。

思い出はいつだって鮮やかで、どこか悲しい。

「樹《いつき》さん……残念やったなあ」

淳吾の目が潤《うる》んでいるのがわかる。この人はいつも涙もろく感動屋だった。

「でもお父さんのことを覚えてる人がいてくれて、よかったです」

父を悼《いた》んでくれる人が、ちゃんとここにもいる。

それはこの街で、父と茜とすみれがたしかに幸せに過ごしていた証《あかし》のような気がするから。それだけで十分なのだ。

親指で自分の涙を拭《ぬぐ》った淳吾が、ふと茜の後ろを見やった。

「あのさ……その人らだれなん?」

眉根が寄っているところを見ると、いくぶん怪しげに思っているのかもしれない。茜は慌《あわ》てて後ろを振り返った。

「父の遠い親戚の、久我《くが》さんと紀伊《きい》さんです。父が亡くなってからいろいろあって、今はお二人の住む月白邸にすみれとお世話になっています」

青藍の額《ひたい》にもぎゅうっと皺《しわ》が寄っていて、これはたぶん淳吾のファッションによるところだと思う。柄《がら》まみれの上半身と、鮮烈な赤の下半身に混乱しているにちがいなかった。

淳吾が、へえ、と目を細めた。

「叔父《おじ》さんとこ行ってから、なんや別のとこに引き取られたて聞いて心配してたけど……ほんまに大丈夫なん？」

叔父の家は半年で出てしまった。青藍と陽時はたしかに親戚だが、遠縁も遠縁である。淳吾にしてみれば不審極まりなく思えるのも無理なかった。

まごついている茜の隣で、静かな声がした。

「久我《くが》青藍といいます。茜とすみれは今、岡崎にあるうちの邸《やしき》の離れで暮らしてます。樹さんの弟さんのところから、そちらの家で暮らし続けるのは不都合があるいうことで、うちが引き取ることになりました」

青藍が深々と頭を下げた。陽時も無言でそれにならう。

「ご近所の皆さんにはご挨拶《あいさつ》もなく失礼いたしました。常連さんで二人をご存じやったら、心配しはったやろと思います」

その所作《しょさ》が堂に入《い》っていて、茜も思わず背筋が伸びる思いだった。

青藍はきっと茜たちの知らないところで、学校や近所や東院《とういん》の家で。きっとこうして頭を下げて、たくさんのものから二人を守ってくれていたのだと。そう思ったから。

淳吾がどこか気圧《けお》されたように肩をすくめて、こちらを向いた。

「茜ちゃんとすみれちゃんは、それで大丈夫なん？」

「はい。今は岡崎のおうちが、わたしとすみれのおうちです」

茜とすみれが顔を見合わせて、ね、とうなずき合うのを見て。そうしてやっと、淳吾はほっと息をついたように見えた。

姿勢を正してぺこりと頭を下げる。

「尾道淳吾いいます。古着のショップと、あと不動産をちょっとやってます。樹さんとはおれが東京で店やってたときからの付き合いで、常連いうか……友だちやったておれは思てます」

父は常連客に愛される人だった。

特に東京で知り合ったらしい淳吾と、その仲間たちとは仲がよく、定休日には茜たちが学校のある間、彼らの家にまで遊びに行っていたこともあったようだ。

「みんなにも言うとくわ。ほんまに、二人のこと心配してたんやで」

父が亡くなったあと、常連客や父の友人たちにまで気を配る余裕はなかった。けれどこうして自分たちのことを気にかけてくれる人がいるのが、とてもうれしい。

「──あの」

ひょい、と手を上げたのは陽時だった。不思議そうな、ややいぶかしそうな顔で首をかしげている。

「あ、おれ紀伊陽時です。茜ちゃんの遠縁で青藍の仕事仲間です」

自己紹介を挟んで、陽時は淳吾を見やった。

「尾道さんは、茜ちゃんたちが笹庵《ささあん》さんの……叔父さんの家から別の場所に引き取られたこと、どうして知ってるんですか？」

茜は瞠目《どうもく》した。そう言われればそうだ。父が倒れて店を畳むことになったとき、常連客にはそれとなく話は伝わっていたはずだ。茜たちが叔父の家に引き取られたことまでは知っていそうなものだが、その先はどこで聞いたのだろう。

淳吾は一つ瞬《まばた》いてあっさりと言った。

「いや、佑生《ゆうき》さんに聞いたし。東院佑生さん」

一瞬、全員が言葉に詰まった。淳吾の口から予想外の言葉が転がり出てきたからだ。

「え……叔父さんですか？」

「そう。ほんまはうちで面倒見るはずやったけど、わけあって今はよそにいるって」

「……わけあってね」

後ろでつぶやいた陽時の声が、剣呑《けんのん》な響きを帯びている。

淳吾が、かつての父の店を指した。

「樹さんの店はうちが貸してたんやけど、あのあとなかなか借り手が決まらへんくてさ。樹さんのあとやし、おれも変なとこに貸したくなかったし」

しばらく空いたままだったところに、身元のたしかな新しい借り手を見つけてくれたのが、佑生だったそうだ。

「佑生さんがずいぶん骨折ってくれはってね。樹さんからは、あんまり弟さんと仲良うないて聞いてたから心配してたんやけど。あの人ええ人やね」

淳吾があまりにあっけらかんと笑うから、茜たちは二の句が継げなかった。茜とすみれにとって、東院佑生という人と「ええ人」がどうしても結びつかなかったから。

そう、とか、はい、とか曖昧《あいまい》な答えを返したのだと思う。やがて淳吾は時計を見ると、慌てて言った。

「ごめん、おれ行くね。またうちの店に遊びに来てや」

そうして淳吾はどこか懐かしむように、その目をきゅうと細めたのだ。

「茜ちゃんたちに、見せたいものもあるし」

見せたいもの、と茜が首をかしげると淳吾は微笑んだ。

「見てのお楽しみやな」

ひらりと手を振って去っていく淳吾を見送ったあと。見上げた先で青藍も陽時も、気遣わしげな視線を向けてくれるのがわかった。

大丈夫、と茜は小さく笑い返した。

意外なところで叔父の名を聞いて、動揺しているだけだ。父が亡くなって二年近く。あの人が、父の周囲と関わりを持っていたことが信じられない。

父の弟、東院佑生は——何より父のことが嫌いなのだと。そう思っていたから。

2

あと数日で冬休みも終わるその日。

茜《あかね》は受話器を耳に当てながら、ため息をつきそうになるのを懸命にこらえていた。電話の向こうからは低く落ち着いているのに、どこか凜《りん》と涼やかな声が聞こえてくる。

東院珠貴《とういんたまき》であった。

「──まだ松の内やさかい、あけましておめでとうさんやね」

優しげですらあるのに、その奥には硬質な冷たさが隠されていて、この人の声を聞くといつもどこかぐっと緊張してしまうのだ。

珠貴は東院本家の現当主で、青藍《せいらん》の十四歳離れた母親違いの兄だった。

下鴨《しもがも》神社のほど近くに、糺《ただす》の森が広がっている。古代の植生を残す神の森だ。その森のそばに千年続く絵師の一族──東院家の本家がある。

白砂の敷かれた広大な敷地を持ち、吐息《といき》の音すら聞こえるほどの静寂《せいじゃく》に満ちた邸《やしき》だった。

珠貴はその主《あるじ》だ。

東院家前当主である東院宗介《そうすけ》は、当時邸にいた女との間に青藍を設《もう》けた。女が姿を消したので青藍は邸で育てられることになった。本妻である志麻子《しまこ》がそれを面白く思うはずもなく、青藍は母屋《おもや》に足を踏み入れることは許されず、離れと庭で過ごしていたそうだ。

そんな生活の中で青藍は、すさまじいまでの絵の才を発揮した。

東院流の『先生』と呼ばれた父も、次期当主である兄も、当時いたどの弟子よりも鮮やかにその才能を花開かせ、己《おのれ》が描く絵にのめり込んでいたころだ。

やがて宗介が亡くなり、志麻子に絵を取り上げられた青藍は、月白《つきしろ》に引き取られるまでその邸で息をひそめるように過ごしていたのだ。

珠貴と青藍の関係は、そういう理由で普通の兄弟に比べると少し複雑だ。けれど去年の春あたりから、関係性は変わってきていると茜は思う。

その距離は縮まるというほどでもなく、ただ互いによそを向いていたものが、なんとか正面を向いて目を合わせられるようになったという程度の、些細《ささい》なことかもしれない。

でもそれからだろうか。

最初珠貴に感じていた冷たさも緊張感も、今は遅い春を迎えたようにほんのわずか、ほどけているように感じるのだ。

「青藍さんはいませんよ」

茜はちらりとリビングの時計を見やった。

すでに年明けの仕事が始まっている陽時《はるとき》は大阪で、青藍はこれも本当に珍しく、仕事の打ち合わせだと連れ出されて、いやいやながら清水《きよみず》らしい。

「ええんよ、ぼくが話したかったのは茜さんやさかい」

含むようなその言い方に、茜は嫌な予感が拭《ぬぐ》えなかった。

——珠貴いわく、東院家では松の内が明けたあとに、毎年食事会を催《もよお》すことになっているそうだ。

年末年始は展覧会で、正月は挨拶《あいさつ》回りがあるらしいと聞いているから、何かと忙しい一族だと思う。伝統を引き継いでいくのも楽なことではない。

「青藍にも声かけたんやけど、絶対に行かへんてにべもあらへん」

「はあ……」

そうだろうなと茜は思った。人嫌いで外出嫌いの青藍が、よそでその他大勢に交じって食事ということ自体がまずだめだし、そもそも根本的に青藍は東院家が嫌いである。

「それで今年は、茜さんが来はらへんかなて思てね」

なるほど、と茜は嘆息《たんそく》した。一度断られたので、今度は茜をだしに青藍を引きずり出そうという腹らしい。

茜が行くと言えば青藍も陽時も来るだろう。茜が一人で本家に行くことを、あの二人が許すはずがない。それだけ茜のことを心配してくれているという自覚ぐらいはある。

「お断りします」

茜はきっぱりと言った。

珠貴はこのところ、何かと青藍にかまいたがる。

東院家はその栄光に翳《かげ》りが差していると言われている。かつてほどの腕を持った絵師がいないのだと。だから珠貴は、東院家に青藍を連れ戻そうとしているのかもしれない。

もしそうだとしたら、なおさら茜はそんなところに……自由に好きな絵を描けない場所なんかに、青藍を連れていきたくはないのだ。

「ほんまに？」

電話の向こうで、声の温度がひやりと下がったのがわかった。

「青藍も忙しいさかい仕方あらへんけど、うちとこの人らに何も言われへんかったらええけどなあ」

茜はうっと詰まった。この人は本当に意地が悪い。

青藍の立場を考えて、茜が連れてこい、ということだ。

なんだか青藍と茜が互いに人質になっているようで釈然としない。

「珠貴さんも素直じゃないですね。かわいい弟に会いたいって言えばいいじゃないですか」

せめてもの皮肉だったのだが、電話口の向こうが一瞬静かになった。それからほろほろとこぼれるような笑い声が聞こえて、茜はきょとんとした。

「そうやなあ。ぼくはあの弟に、会いとうて仕方あらへんのかもなあ」

その笑い声の奥底にいつもの冷たさがなくて。

それで茜は、なんだか本当に負けた気持ちになったのだ。

「じゃあ青藍に伝言頼むわな。日時は前に言うたとおり。場所は今回、本家やなくて——

笹庵《ささあん》さんとこやさかいね」

それを聞いた途端、茜は体がふるりと震えるのを感じた。

「……笹庵には行きたくないです」

こらえきれずにほろりとこぼれ出るそれは茜の本心だ。あの邸は嫌いだ。

電話の向こうで一瞬黙り込んだ珠貴が、やがてぽつりと言った。

「笹庵で、茜さんに会わせたい人がいてるんよ」

それはどこか真剣でひどく切羽《せっぱ》詰まっているように聞こえたのだ。

茜が戸惑《とまど》っているうちに、早春の締めの挨拶とともに珠貴が通話を切った。

震えの止まらぬ手でぐっと受話器を握りしめる。

笹庵の邸は東院の分家で父の実家で、今は叔父《おじ》の家だ。

青藍に引き取られる前、父が死んだ春からの半年間。茜とすみれはあの静寂《せいじゃく》の邸で過ごしたのだ。

父と母をさげすむ言葉を、あの静けさの中でただただ聞きながら。


その夜、青藍と陽時の反応は想像よりずっと苛烈《かれつ》だった。

「そんなの行くことねえよ。いまさら何の理由があって茜ちゃんを呼び立てんだ」

東院家が絡《から》むと陽時は途端に口が悪くなる。青藍にいたっては表情に不機嫌さをあらわにしたまま、一言も話さなくなってしまった。

「……茜ちゃんは行くの？」

すみれがソファに座った茜の腰に、両腕でぎゅっと抱きついてくる。

最近すみれは、また茜に甘えるようになってきた。食事の用意のときも休みの日も、気がつけばずっと茜のそばにいる。まるで目を離すと、茜がどこかに行ってしまうとでもいうように。

「わたしは、行ってもいいかなって思ってる」

「は？　ほんとに言ってんの、茜ちゃん？」

陽時に詰め寄られて、茜はうなずいた。青藍の剣呑《けんのん》な声が続く。

「ぼくらのことなんか、気にすることあらへん。あそこから何を言われたて、ぼくも陽時も別にかまへんし」

「違うんです……その……」

茜はぐっとうつむいた。

珠貴が茜をだしに青藍を呼び出したいのは、きっとそのとおりだ。けれど茜の頭の中では、最後に告げられた珠貴の言葉がぐるぐると駆け巡っていた。

「……わたしに、会わせたい人がいるそうです」

あの珠貴の言葉は、本当ではないかと茜は思うのだ。

いつも腹に何かを潜《ひそ》ませて、硬質の冷たさで覆《おお》い隠してしまう珠貴があの瞬間、その氷の向こうにほんの少し本心をのぞかせたような気がしたから。

今回に限っては、珠貴の目的は青藍ではなく茜のような気がする。

笹庵の邸でだれが、茜に会いたいというのだろうか。

あの静寂に沈む重苦しい邸が、茜を待っている。


京都の御所南《ごしよみなみ》にその邸はある。東院家の分家、通称『笹庵』である。

糺の森にある本家や、野放図に庭の広がる月白邸《つきしろてい》よりいくぶん手狭なものの、周囲に比べれば広大とも呼べる敷地を持っていた。

二階建ての日本家屋は玄関から続く客間などの表座敷と、渡り廊下で繋がった奥の間を会わせて母屋《おもや》と呼んでいる。庭は本家にならったように白砂が敷き詰められていて、松の木に、お手本のように設けられた丸い形をした池が。そこから緩《ゆる》やかに川が伸び細い橋が架かるさまは、まるで東院本家をうつし取ったかのようだ。

ただ一つ違うのは、庭に瑞々《みずみず》しい笹の葉が茂っていることだ。

庭の端に、空を切り取るようにすらりと数本竹が伸びている。この季節は葉の枯れ落ちた竹の枝の隙間《すきま》から、青い空が見えていた。その足元を埋めるように、冬でも色を失わない深い緑の笹が、ときおり吹きすさぶ冬の風に、さわり、さわりとその身を揺らせている。

この美しい笹の庭にちなんで、ここは『笹庵』と呼ばれている。

茜の父、樹《いつき》の実家であった。

一昨年《おととし》の春、父が亡くなって呆然としていた姉妹のもとに、笹庵の当主であり叔父でもある東院佑生《ゆうき》がやってきた。

そこで茜は初めて、父が京都の絵師の家系、東院家の人間であるということ。父はどこのものとも知れぬ母と出会い、大学卒業とともに駆け落ち同然で結婚して出ていったこと。父は母の名字である『七尾《ななお》』を選んだこと。

そして――叔父が、いっそ苛烈なほどに父を嫌っていることを知ったのだ。

茜とすみれはこの笹庵の邸に引き取られることになった。母には身寄りがなく、茜たちの面倒を見ることができるのは、笹庵の家だけだったからだ。

叔父ははっきりと言った。

茜とすみれを引き取ったのは、兄の子を見捨てては外聞が悪いからだと。

この邸で茜とすみれは半年間、息を殺すように過ごした。

結婚が先か子が先かわからない、素性《すじょう》も定かでない女とともに、東院の家を捨てて去った者の子どもだと。そう囁《ささや》かれながら。

茜は門から玄関まで続く石畳の上で立ち止まった。

この邸には叔父と叔母《おば》、そしてほとんど姿を見せたことのない、祖母が住んでいる。

笹庵は襖《ふすま》絵《え》や屏風《びょうぶ》絵《え》など、大きなものを手がける家系のようで、数ある東院家の分家の中でも弟子や職人、親戚たちの出入りが多い方だ。

だがどうだろう。この庭が喧騒《けんそう》も囁き声もすべてを吸い取ってその身に呑んで。ただ静けさだけを吐き出しているように思えた。

「やっぱり帰る？」

先を歩く陽時が振り返った。未《いま》だに不満そうなその表情の端々《はしばし》に、茜への気遣《きづか》いが浮かんでいる。茜は微笑んで首を横に振った。

「行きます」

「……行かなくていいのに」

むっと唇をとがらせる陽時は、グレーのストライプのセットアップスーツに、ぴかぴかに磨かれた革靴。髪の一房《ひとふさ》まで気の配られたその姿は、車から降りるなり道行く人の視線を集めていた。

陽時が自分の身だしなみを整えるのは、緊張と気負いの証《あかし》なのかもしれないと茜は思う。

ここ最近の陽時は月白邸で髪も跳ねさせたまま、スウェットやジャージでだらだらしていることが多いからだ。以前は月白邸でも、あまり隙《すき》のない格好をしていたことを思うと、茜やすみれの前で気負うことをやめたのかもしれない。

気を許すと膝《ひざ》で丸まるようになる猫みたいだと、茜はこっそり思っていた。

青藍はいつもの藍《あい》色の着物に、今日は紋の入った羽織を着込んでいる。髪は朝から陽時がセットしていたので、いつもよりずっと整って見えた。

茜は特に格式張った服など持ち合わせていないので、制服で。すみれも行くと朝まで主張していたのだが、青藍と陽時の断固とした反対にあって、むすっとしながら児童館に出かけていった。

邸の中にはすでに親戚や弟子や、東院家の関係者がぽつぽつと集まっていた。

足を踏み入れると、途端に周囲からの視線が無遠慮に刺さる。氷の壁に囲まれているような気がして、息が詰まりそうだった

「じろじろ鬱陶《うっとう》しいね」

陽時が舌打ちした。遠慮の欠片《かけら》もなく周囲に聞こえただろうと思った。

「用だけすんだらさっさと帰る」

剣呑な表情でそうこぼした青藍が左に、陽時が茜の右にいてくれる。左からはいつもの清涼感のある高そうな白檀《びゃくだん》が、右からはこちらもまた高そうなフレグランスの香りがただよってくるので、それもまた変に落ち着かない。

青藍がため息交じりに、ひょいと陽時を見やった。

「気になるんやったら、こいつの顔でも見とき」

思わず見上げると、こたえるように陽時がにこりと笑ってみせる。青藍がふんと鼻で笑った。

「こんなしょうもないやつでも、目の保養ぐらいにはなるやろ」

「うわ……ひどいなあ」

陽時が子どものように、わざとらしく頰を膨《ふく》らませる。

「おまえのええところは、その顔ぐらいやからな。せいぜい役に立て」

「もっとあるだろ、脚が長いとかオシャレとか仕事ができるとか」

陽時と青藍が会話するときの、どこか気の置けないそのやりとりは、今はきっと茜を気遣ってくれているのだとわかる。

それだけでこの凍りつくような冷たい邸の中を、また一歩前に進む勇気になるのだ。

ひときわ広いその部屋はどうやら客間のようだった。中には畳の上に赤みがかった艶《つや》のある卓がいくつか、その両脇に同じ木製の座椅子と紫紺《しこん》の座布団が用意されている。卓の上には漆塗《うるしぬ》りの重箱が一人分ずつ置かれていて、蒔絵《まきえ》は紅梅《こうばい》。部屋の隅にはご飯の入っているおひつや、ビールなど酒の用意がされていた。

硝子障子《ガラスしょうじ》の向こうに笹の庭が広がって見える。

床《とこ》の間《ま》には椿《つばき》の掛け軸。釉薬《ゆうやく》が雨のように見える大きな壺には、冬枯れの笹が生けられている。

冬の静けさと、もの悲しさを感じさせる設《しつら》えだった。

——茜は末席で、じろじろとよこされる視線に辟易《へきえき》していた。

部屋の中には上座《かみざ》から順に、東院家の親戚や弟子たち、そしてお抱えの職人たちがずらりと居並んでいて、ちらちらとこちらをうかがってくる。

鱸《すずき》のお造りも美しい手まり寿司も雲丹《うに》の酒蒸しも、海老《えび》しんじょうの吸い物も、緊張のせいかほとんど味がしないのがもったいないなかった。

だが改めて考えると、それも仕方がないかなと諦《あきら》め半分でそう思う。

なにせこちらは、かつて東院の名を捨てた笹庵の長男の子に、東院家当主の母親違いの弟、先般見合いの話を直前で蹴った紀伊《きい》家の長男と、東院家にとってはうとましい者のそろい踏みである。

茜などはいちおうまだ居心地悪そうに肩を縮めているのだが、青藍や陽時ともなれば豪胆なものだった。

「おれこのお茶、渋いから苦手なんだよな」

と、陽時などは出された茶に文句をつける始末である。

「茜、ぼくも茶がほしい」

目の前の茶にも手をつけないまま、青藍がむっとした顔のままそう言う。

青藍は人の家で他人の作ったものを口にするのが苦手だ。そのたびに茜が台所などを借りて茶やコーヒーを淹《い》れることになるのだが、ここではさすがにちょっと、と茜が弱りきった顔をしたときだった。

「——茜さん、お茶淹れるん上手なん？」

はじかれたように顔を上げた。

東院家当主、東院珠貴だ。

深い草色の着物に縞《しま》の帯は一目で上等なものだとわかる。ぴしりと伸びた背筋、ふいによこされる視線は鋭く、その奥に澄んだ真冬の空のような冷たさを感じる。

立ち上がったときの、長い手足を持て余すような身のこなしのせいだろうか。ふと目が合ったときの底知れない瞳の深い色のせいだろうか。

この人を見るたびに茜は、どこか青藍に似ていると思うのだ。

「珠貴さん、上座はあっちですけど」

東院家に対しては怖いものなしの陽時が、ひょい、と視線で床《とこ》の間《ま》の前を示した。見ているこちらがひやひやする。

珠貴はそれには肩をすくめただけで、どういうわけか茜の向かいに座った。青藍が心底嫌そうな顔をする。

「……このたびはお招きいただき、ありがとうございます」

茜の精一杯の皮肉にもかまわずに、珠貴はその口元に薄い笑みを浮かべた。

周囲からの視線は好奇から困惑《こんわく》に変わっている。下座《しもざ》の、いわば一族のつまはじき者の集団の真ん中に、東院家の当主が居座っているからだ。

青藍も陽時も生返事しかしないものだから、結局茜が珠貴の話し相手をするしかない。

「茜さん、春になったら高校三年生にならはるんやね」

「はあ……」

「進路はどうするんや？　このまま大学に進まはるん？」

「いまのところ、就職するつもりです」

珠貴が目を瞬《しばたた》かせた。

「あの学校やったら、そのまま大学に上がれるやろ。何かやりたい仕事があらはんの？」

茜の通う高校は叔父が選んだ大学の附属校だ。

「そこまで青藍さんに迷惑はかけられません。それに……」

茜はぐっと手のひらを握りしめた。

「すみれが自分の将来を自由に選べるように、お金を貯めておきたいので」

隣の青藍と陽時が、ちらりとこちらを見たような気がしたけれど、茜は気がつかないふりをした。

それなら、と珠貴が薄い笑みを浮かべた。目がまったく笑っていないので、胃の腑《ふ》が凍るような気持ちになる。

「うちで見合いでもどうやろ」

「──せえへんです」

間髪《かんはつ》をいれずに突っぱねたのは青藍だった。

額《ひたい》にぎゅっと皺《しわ》が寄っていて、剣呑な目つきで珠貴を睨《にら》みつけている。

「青藍、そんな怖い顔せえへんと。茜さんにしたって悪い話やあらへんえ。しばらくうちでお手伝いでもしてもらって、そのうちしかるべきお家からもお話があるやろうし。そしたらすみれさんかて安泰《あんたい》や」

つまり卒業後に東院家で家事手伝いの花嫁修業でもして、いいところに嫁《とつ》げということなのだろう。

「それがきみの幸せやと思うえ」

時代錯誤もはなはだしくて、茜はあぜんとしてしまった。

「──冗談じゃないですよ、珠貴さん」

舌打ち交じりにそう言ったのは陽時だった。

「茜ちゃんもすみれちゃんも、何が幸せなのかなんて、ちゃんと自分で考えて自分で見つけるんだ」

陽時が珠貴を睨みつける。

「あんたたちの幸せを、勝手に押しつけんな」

遠慮のない物言いは、場をざわつかせた。だれかが立ち上がろうとしたのを制する声がする。

「陽時くんらしいなあ」

茜はわずかに瞠目《どうもく》した。

そう言った珠貴の瞳が、厳冬のさなか、ふいに訪れた一瞬の春の日のようにほろりとほころんだ気がしたから。

やっぱりこの人も、青藍や陽時と、少しずつでも向き合おうとしているのかもしれないと思ったのだ。

――味のしない高級弁当をなんとか胃に収めて、茜はそわそわとあたりを見回した。場の空気はだいぶ砕けていて、みな上座に戻った珠貴に順に酌《しゃく》をしていく。

意外なことに、青藍や陽時にも酒を注ぎに来る者がいる。そういう人たちは、わずらわしそうに睨みつけられても意に介さないのだからすごい。

茜はそれを尻目に、そっと立ち上がった。

どうせ茜に話しかけに来る者などいない。周囲からの視線に耐えかねて、一度外の空気を吸いたかった。

障子を引き開けて廊下に出る。冬の凍りつくような空気を肺いっぱいに吸い込むと、もやもやとしていた胸の内がすっきりとしたような気がした。

「――……何してるんや」

その声に、茜は無意識に体がこわばるのを感じた。

叔父だった。

四十歳を目前にしているはずだが、歳よりいくぶんか若く見える。四角四面を絵に描いたような表情で、細面《ほそおもて》だが目つきだけはぎょろりと力強さを帯びている。珠貴や青藍より小柄であるが、肩幅が広くがっしりとしていた。

「……ご無沙汰《ぶさた》しています」

茜は視線を逸らすようにうつむいた。

まともに話をするのは、去年の春以来だろうか。父が亡くなってから何度か顔を合わせているが、茜はどうしてもこの人のことが好きになれない。

この人が父と母のことを散々に罵倒《ばとう》して、茜とすみれをこの静かな邸に閉じ込めた。

佑生がぼそりとつぶやいた。

「来るとは思わへんかった」

「珠貴さんに呼ばれたので」

固い声で返す。そういえば珠貴が言った、茜に会わせたい人とは、いったいだれだろうかと、そのときふと思った。

「——……久我《くが》のつきそいか。珠貴さんは最近、久我によう構たはるな」

茜は眉を寄せて顔を上げた。

叔父の顔を見て動揺した。そんな叔父の表情を初めて目にしたからだ。

「久我の春嵐《しゅんらん》はええ腕してるさかいな。珠貴さんはあれを東院に戻さはるつもりなんやろ」

いかめしい顔に、真面目《まじめ》さと冷徹さを押し込めて、感情をあまり表に出さない人だと思っていた。

けれど今はどうだ。身のうちを満たすそれが、ぎょろりとした目から、引き結んだ口の端から、あふれ出している。

それは憎悪や嫌悪をどろどろに凝《こご》らせたものだ。

そうしてその奥に一瞬ちらりと揺れたその光が──たしかに茜には、憧憬《しょうけい》のように見えたのだ。

「珠貴さんが何を考えてるかはわかりません。でも青藍さんは、ここには戻らないです」

茜はきっぱりと言い切った。

ぎり、と音が鳴りそうなほど強く、その手が握りしめられている。

「……兄さんみたいやな」

その視線が茜と、そして部屋の中でうんざりしている青藍をとらえる。ぎょろりとした目は、けれどどちらも見ていない。

それは直感だった。

叔父は……たぶん、その向こうに父の面影《おもかげ》を見ている。

その視線には嫌悪も憎しみも、どろどろとした感情のすべてが込められているように見えた。

……叔父はどうして、父を嫌っているのだろう。

冷え切った廊下を歩いていく叔父の背を見つめて、茜は初めてそう思った。

わたしは、この人のことをまだ少しも知らないのだと。


そのまま客間に戻る気にもなれず、茜は冷え切った廊下をあてもなく歩いていた。磨き込まれた廊下の先は短い渡り廊下に続いている。

笹庵の邸は客の応対をする玄関や客間と、その先、渡り廊下で繋がった家族の暮らす奥の間を総じて母屋《おもや》と呼んでいる。

冬のこの時期、外周をぐるりと囲うような縁側は硝子障子で閉め切られていたが、渡り廊下だけは雨戸とともに窓が開け放たれていた。

冬の冷たい空気が肌を刺す。昼過ぎになっても気温は上がらない。吐き出す息は白いまま、空ばかりが澄み切っていた。

竹は青みを失い、細い茶色の葉をたれ下がらせている。足元を埋める笹は深い緑に染まり、椿などがほろほろと落ちるさまは、冬枯れのわびしさを感じさせた。

美しい庭だと茜も思う。

けれど耳が痛くなるほどの静けさが、ひどく不安をかき立てる。

月白邸の、あの、めちゃくちゃで好き勝手自由な植生の庭が、今はとても恋しかった。

——茜がその部屋を見つけたのは、偶然だった。

母屋の一階、渡り廊下を進んだすぐ先だ。障子が、ほんのわずかばかり開いていた。嗅《か》ぎ慣れたにおいがして、茜は思わずその部屋をのぞき込んだ。美術室のような膠《にかわ》と絵具のにおい。青藍の仕事場と同じにおいだった。

のぞき込んだ先には、一瞬書庫かと見紛《みまが》うほど、おびただしい量の本が並んでいた。壁面に据え付けられた本棚の、上から下までぎっしりと本が詰め込まれている。

床には紙が散っている。

そのそばには筆と絵具の塗り込められた小皿。よく見ると隅には、青藍の部屋でも見たことのある膠の鍋や筆立て、絵具の小袋などがこちらはきちんと箱に納められていた。

茜は一歩下がって、廊下をぐるりと見回した。

母屋の一番端。ここは——叔父の仕事部屋だ。

笹庵は東院家の中でも、個人の邸に飾る障子絵《しょうじえ》や屏風絵《びょうぶえ》を主《おも》に取り扱うと聞いていた。一人では到底手がけられるものではないから、数人がかりの大仕事になる。

当主である佑生ももちろん筆をとり、そんなとき彼が描くのは、決まって美しい山野の風景画だった。

茜も何度か見たことがある。

遠くに山が、雁《かり》が連なって空を飛び、そのさらに上をゆったりと雲が流れる。叔父の性格どおりに東院流――精密さと高い写実性と淡い色使いが特徴的な、東院家の伝統的な作風に忠実で、笹庵の静寂そのものを体現しているかのようだった。

けれど、この床に散らばっている絵はどういうことだろうか。

茜はきゅっと眉を寄せた。

床の絵はどれもたしかに叔父の絵なのだろうが、描き殴る、という言葉がふさわしく、中には筆でめちゃくちゃに塗り潰《つぶ》したものもあった。

どうも叔父らしくない。茜が困惑《こんわく》したまま、部屋の外に出たときだ。

「――茜ちゃん、いた」

「うわっ！」

真後ろから声が聞こえて、茜はのけぞって飛び退《の》いた。心臓が早鐘のように打っている。

振り返ると、青藍と陽時がそろって立っていた。

「どこ行ったかと思て、ずいぶん探した」

「すみません……ちょっとあの部屋にはいづらくて……」

「あんなとこ長居するとこやない。珠貴さんの手前か知らへんけど、どいつもこいつも手のひら返したみたいに話しかけてきよって」

珍しく青藍がぶつぶつとつぶやきながら、その黒髪をくしゃりとかきまぜた。

去年の夏、東院本家で行われた屏風展に青藍は絵を出展した。東山《ひがしやま》から差し込む朝日で金色《こんじき》に輝く町の絵だ。

豪奢《ごうしゃ》で華やかで、けれど洗練された美しいその絵は、東院家が何より重んじる作風からかけ離れていたにもかかわらず、その場にいただれもを惹《ひ》きつけた。

東院家は今、腕の立つ絵師を喉《のど》から手が出るほど欲しがっている。

かつて画壇で名声をほしいままにしていた月白の、その弟子で新進気鋭の画家として名を馳《は》せる青藍は、彼らにとってどうしても手に入れたいものなのだ。

つまるところ青藍は、次の仕事や展覧会への出展を打診され、あまつさえ「これで東院家も安泰だ」などと言われて、ひどく機嫌を損《そこ》ねているらしかった。

「だから言ったのに。東院絡みで絵を描くなんてろくなことにならないって」

陽時が不機嫌そうにそう言って、さて、とうなずいた。

「さっさと帰ろうよ」

「青藍さん、陽時さん。お食事は……?」

茜が問うと二人は顔を見合わせた。青藍が心底嫌そうに口元を引きつらせる。

「食べた。ほんまは別にいらへんかったけど……茜が嫌やろ」

茜はほっとうなずいた。

喫茶店で料理を作っていた者として、出された食べものを理由なく残すのが茜はどうしても見過ごせないのだ。

これ以上長居は無用とばかりに身を翻《ひるがえ》した青藍と陽時のあとを、茜が追ったときだ。

「──茜ちゃん」

ほとんど聞き取れないほどの、かすかな声だった。

振り返った先にその人はいた。

小柄な女性だった。茜よりもやや低い背、黒髪を後ろで一つにまとめている。着物は薄《うす》鼠《ねず》色にやや光沢《こうたく》のある白の帯。

年の頃はたしか四十ほどであるが、能面のようにいつも感情の凪《な》いだ顔をしている。

東院鈴《すず》──茜の叔母で佑生の妻だった。

──小さな客間に通された茜は、目の前できぱきとお茶の準備をしてくれている鈴に困惑していた。食事会の席に姿を見せなかった鈴はずっと台所を手伝っていたのだという。

「お台所が一段落ついてね。茜ちゃんを探してたんだけど、お食事会のお部屋に見当たらなくて。帰ってしまったかもしれないと思っていたから……会えてよかった」

卓のそばのポットから、硝子の急須《きゅうす》に湯を注いでいる。青藍と陽時は茜の左右に腰を下ろして、険《けわ》しい表情でそのさまを見つめていた。

「……わたしにですか？」

「ええ。珠貴さんが会う機会を作ってくださってね」

珠貴の言っていた、茜に会いたい人というのは、この人のことだったのか。

だがどうして、と茜は不思議に思った。

笹庵に住んでいたころ、鈴と話した記憶が茜にはほとんどない。いつも言葉少なに叔父に付き添っていたのを覚えている。

正直なところ、あまりいい印象もなかった。

茜たちが叔父や親戚たちからかけられていた心無い言葉のかずかずを、聞いていないはずはなかっただろうし、叔母がことさらかばってくれることも、気遣ってくれることもなかった。

鈴が急須のふたを閉じる。その視線がゆっくりと茜に向く。

いつも口元がお手本のように微笑んでいて、けれど目の奥は揺らがずじっと凪いでいる。

それがときどき、茜とすみれを見てわずかばかりゆがむのを茜は知っていた。

叔父のように嫌悪の視線ではないけれど、何かとても苦々しいものを見るように。

「……回りくどいなあ」

陽時がふんと鼻を鳴らした。

気分を害したふうもなく、鈴がわずかに目を伏せた。

「わたしは東院家の行事にあまり出ないので、茜ちゃんと顔を合わせる機会がなくて」

そういえば屏風展も冬の冬期画展も、そして今日の食事会も。鈴の姿がなかったなと茜は思った。立場上、叔父とそろって参加していてもおかしくない。

それに、と急須を優しく揺らして鈴がふいに顔を上げた。

「わたしが茜ちゃんに会いたいって言ったとして、青藍くんたちが会わせてくれた？」

「絶対に嫌ですね。おれたち笹庵さんたちのこと嫌いなんで」

陽時がずけずけとそう言うから、茜のほうがぎょっとした。

青藍にいたってはすっかり興味をなくして、帰りたそうにそわそわとしている。そのくせ、こうして茜が困っていると、相手を威嚇《いかく》するようにその目をきゅうと細めるのだ。

青藍と陽時と、なんだか今日はどちらも番犬みたいだなと。そう思うとどこかおかしくなって、そうして安心した。

叔母は、そうねえと笑うでもなく怒るでもなく、凪いだままの声でつぶやいた。

「……仕方ないもの」

それは何についての言葉だったのだろうか。茜とすみれのかつての笹庵でのことだろうか。それとも、そのせいで今、陽時に悪態をつかれたことに対してだろうか。

それとも――叔母の口癖《くちぐせ》だろうか。

茜はこの人の瞳に揺れている儚《はかな》さの正体を知った気がした。

この人は全部を「仕方ない」と諦《あきら》めてしまっているのだ。だからずっとこんなふうに、凪いだ目をしていられるのかもしれない。

硝子のポットに、淡い草色の茶葉がゆらゆらと泳ぐ。薄い緑に色づいたところで、鈴は金属の取っ手と飾りのついた、硝子のカップに注いでくれた。

底には氷砂糖と薔薇《ばら》の花びら、果物の――たぶんライムの皮を削ったものが入っている。

緑茶が注がれると、ぶわりと花の香りが立ち上った。

それが硝子の中に揺らぐ美しい絵画のようで、茜は相手が笹庵の叔母であることも忘れて、思わず目を輝かせた。

「きれいですね……！」

「どうぞ召し上がって」

いただきますと口に含むと、自然の香りがすっと通り抜けた。淡い薔薇の奥に爽《さわ》やかなライム、緑茶の清涼感のあとにほんのりと口の中に優しい甘みが残る。

「おいしい……」

そうつぶやくと鈴が破顔《はがん》した。叔母の本当の笑顔を、茜は初めて見たような気がした。

「裏に小さなお庭があってね、薔薇とミントをそこで育てているの。摘《つ》んだものを乾かしておいて、こうやってお茶にして飲むのよ」

うれしそうにそう言った鈴は、何でもないように付け加えた。

「これがね、わたしのたった一つの楽しみなの」

青藍が茶に手をつけないことを、鈴は知っているようだった。茜が申しわけなさそうな顔をすると、いいのよと手を振る。

空になった茜のカップに鈴が茶を足してくれて、そうしてためらうように言った。

「茜ちゃんに、聞きたいことがあって」

ちらりと青藍と陽時をうかがうと、覚悟を決めたように口を開く。

「うちの人が……絵を、描けないみたいなの」

「叔父さんがですか？」

茜は思わず問い返した。そのとき思い出したのはあの叔父の部屋のことだ。描き散らされた、叔父らしくない絵のかずかずだ。

——それは去年の秋口のことだったのだと、鈴は言った。

「あの人が、母屋の仕事部屋に籠《こ》もることが増えてね……何時間も絵と向き合っているみたいなのに、どうしても描けないと言うの」

幸い佑生が手がけなければならない、大きな仕事の納期はまだ先だ。その不調に気がついているのは自分と、おそらくは珠貴だけだと鈴が言った。

「お正月にお会いしたとき、珠貴さんが主人のことをずいぶん心配してくれてね。少し考えてみるって言ってくださったの」

しばらくして、珠貴から鈴に連絡があった。

佑生の不調について、久我にいる樹の娘に相談してみるといい。その機会を作ってやるからと。

「なんで茜なんですか」

青藍がいぶかしそうに問うた。茜もそう思う。叔父の調子がよくないことと、自分が関係があるとは思えないからだ。そもそも叔父とはほとんど顔を合わせていない。

「わたしがあのとき珠貴さんに相談したからだわ。——うちの人が、樹さんのせいで絵を描けなくなったのかもしれないって」

それは本当に珍しく、佑生が浴びるほど酒を飲んだ日だ。晩酌《ばんしゃく》に付き合っていた鈴が、そろそろやめたほうがいいと酒の代わりに水を差し出したとき。

ふらふらとかしぐほどしたたかに酔った佑生が、吐き捨てるように言った。


——兄の絵を見た。


「たしかに去年の秋のそのころは、樹さんのお店のことで、上七軒《かみひちけん》に足を運んでいた時期だったから……」

鈴が、ぐっと身を乗り出した。

「茜さん、何か知ってる？　思い当たることはないかしら……佑生さん、お仕事のことはわたしにあまり話してくれないから」

その瞳は焦燥感《しょうそうかん》に満ちていて、叔父のことが心配だとありありと語っていた。

最初は凪いだ心のまま、「主人」や「うちの人」と言っていたのに、叔父の呼び方も「佑生さん」に変わっている。きっと普段そう呼んでいるのだろうと思った。

今まで知らなかった……知りたくもなかった叔父の人生に、突然色がついていくようだった。

茜の中で嫌悪の対象としてしか存在しなかったのに。自分と同じく己《おのれ》の人生を歩む一人の人間として息づいていく。それがなんだかとても納得し難《がた》くて、茜は落ち着こうと一つ息を吸った。

鈴の、切に胸を締めつけられているような表情から顔を逸《そ》らして、ためらって茜は首を横に振った。

「すみません……わかりません」

そうは言ったものの、本当は、茜には少しばかり心当たりがあった。

正月に上七軒で会った、淳吾《じゅんご》だ。父の店を貸していたのは淳吾で、そのあとなかなか決まらなかった次の借り手を、佑生が見つけてくれたと言っていた。

それもたしか去年の秋口、叔父が絵を描けなくなったちょうどそのころだ。

佑生が上七軒に行ったとき会っていたのが淳吾で、叔父の様子がおかしくなったのは、それからだというなら。そこに叔父が絵を描けなくなった理由があって——それはもしかすると、叔父の言うとおり、父の絵なのかもしれないと茜は思う。

見せたいものがあると、淳吾がそう言っていたのを茜は思い出していた。

でもそれで何かが解決するわけでもない。勝手な想像だから本当かもわからない。

言い訳のように心の中でつぶやいて、最後に本音がほろりとこぼれた。

……それに、叔父を助ける義理なんて茜には少しもないのだ。

鈴は、そう、そう、とつぶやいた。

「そう、そうよね。ごめんなさい。ほかに思い当たることもなくて、佑生さんも何も話してくれなくて――……」

「だからいまさらになって、茜に頼ろうてか？」

低い声で唸《うな》ったのは青藍だった。今まで興味がなさそうに頬杖《ほおづえ》をついていたのが、苛立《いらだ》ちを隠さないまま、その牙《きば》を剝《む》き出しにしているかのようだった。

「ぼくたちは笹庵で、茜とすみれがどんな日々を過ごしてきたのかわかってるつもりです」

焦燥をあらわにしていた鈴の顔が、その瞬間にまたふと凪いだ。瞳の奥にすべてを押し込めて、その口元だけが小さく震えている。

「そうね」

鈴の笑みは、また何もかもを諦めているかのように見えた。

「あの人もわたしもひどいことをしたと思うの。ひどいことも言ったわ……」

その瞬間、茜は体中が総毛立つのを感じた。

この人はやっぱり、わかっていて茜とすみれをその渦中《かちゅう》にほうっておいたのだ。

「勝手だと承知の上で、わたしは茜ちゃんにお願いしているの。青藍さんや陽時さんに、どれほど嫌われてもいいわ……佑生さんのためになれるなら」

息を呑むほど真摯《しんし》な思いが籠もっていた。

鈴の両手は無意識だろうか。着物の帯の上にそうっと添えられている。

「……わたしを責めなかったのは、佑生さんだけだったから」

聞いているこちらが泣いてしまいそうなほど、切ない声でそう言った。


――鈴は生前の樹と会ったことがない。

樹が笹庵から飛び出してからしばらくしたころ。佑生と樹の父である、先代の笹庵当主が体調を崩して、亀岡《かめおか》の別荘に隠居することになった。

当主の跡を佑生が継ぐと決まったとき。見合いのような形で出会ったのが鈴だ。

「何度か会って、わたしはこの人がいいと思った」

デートのときには、佑生はいつも必ず十分前には待ち合わせ場所にいた。ささやかなプレゼントを毎回手渡してくれた。鈴が薔薇が好きだと知って、きっと興味がなかっただろうに、植物園や美しい庭園を調べて連れていってくれた。

妻として鈴を大切にすると、そう言ってくれた。

生真面目で融通《ゆうずう》がきかなくて不器用で……その奥でちゃんと優しい。

だから鈴はこの人と結婚しようと思ったのだ。

伝統ある一族の分家の、その跡取りに嫁《とつ》いだ鈴は、佑生がその境遇を享受《きょうじゅ》できる状況に置かれていないことを早々に知った。

「わたしはあまり詳しくないのだけれど、樹さんのことがあって、笹庵の家は東院家の中でもあまりよくない立場になったのね」

樹が東院家を飛び出したことと、当主の早々の隠居が重なって、笹庵は分家の中でも微妙な立ち位置になっていた。

それまでその腕で東院家の次代を担《にな》うと言われていただけに、樹に対する非難は強く、本人がいない分それをすべて受け止めたのが佑生だった。

笹庵の家はろくな人物を出さない。

残ったのは──……腕のない弟だけらしい、と。

そのうえ結婚してから何年経《た》っても、佑生と鈴には子どもができなかった。散々手を尽くして結局この先も望めないと知ったとき──。

鈴を責めなかったのは佑生だけだった。

佑生はまだ四十手前だ。別れて別の嫁をもらえばいいという声が、鈴の耳に入らないはずがない。

佑生は泣き崩れて自分を責める鈴の手を、不器用に大きな手で握った。笑っているのかどうなのかわからないいかめしい顔で、でも懸命に笑顔を作って。そうして言ったのだ。

この先二人でずっと、ともにいる幸せが絶対にあるから。ぼくはこの手を放さないのだと。

「だから……わたしはあの人の力になりたいのよ」

全部を諦めたこの邸の中で、ただあたたかいのは佑生の手一つきりだったから。

──茜はひどく混乱していた。

青藍も陽時も、口を引き結んだままだった。

鈴が何を言われてきたのか、どれほど傷ついていたのか、茜にもおぼろげながら想像できた。

その悲しみも落胆も、そしてそれらを乗り越えて新しく進む、痛みをともなう決意だって、他のだれかが口を出すことではないと。

茜にだって当たり前にわかることなのに。

茜は震える唇でようようつぶやいた。

「……叔母さんの事情も、わかりました」

意識しないと泣いてしまいそうだった。頭がぐちゃぐちゃだ。今まで知っていた、大嫌いな笹庵の姿とあまりに違って、どうしていいかわからない。

青藍がとん、と背を叩いてくれて。それで少し落ち着いた。

「でもぼくらは佑生さんと笹庵の家が、茜とすみれを引き離そうとしたことも、この子らがかけられた言葉も、忘れられるもんやあらへん」

去年すみれは一度、笹庵に連れ戻されようとしていた。笹庵の叔父叔母の間に子がないから養子にしたいと言われていたのだ。

二人を引き離そうとしたのは佑生だ。父のことを間違いだと言ったのも、嫌悪を持って睨みつけてくるのも。東院家にふさわしくないとそう言うのも佑生だ。

鈴が息をついた。そうして今度はただまっすぐに茜を見つめて、ほろりとこぼしたのだ。

「ごめんなさい」

嫌だった。悔しかった。この人も辛《つら》かったのだと、そう思ってしまうことが悔しくてたまらなかった。

「茜ちゃんとすみれちゃんを見ているとね……わたし、どうしてもうらやましいと、思ってしまうのよ」

あの茜とすみれを見る苦々しい表情のわけなんて、知りたくなかった。

唇を引き結んだ茜の前で、鈴がほろほろと繰り返す。諦めを抱えていた瞳の奥が揺らいでいる。ごめんね、ごめん……。そう繰り返す。

きっとこの先ずっと、割り切れない思いを吐き出すように。

青藍も陽時も、茜も、それ以上鈴に何も言えないまま笹庵をあとにした。

門を潜《くぐ》るとき、茜はその庭を振り返った。すらりと伸びる竹の根元に、冬枯れの笹がわびしさを形作っている。

いつ来てもここは静かだ。

だれもかれもが重圧の中で、己《おのれ》の役割を必死に果たしながら生きている。笹庵の重い静けさはそれを十分に感じさせた。


母屋と青藍の仕事部屋を繋ぐのは、塀《へい》の中を通るような渡り廊下だ。途中に設けられた引き戸から冬の夜に沈む庭を見ることができる。

空を見上げる。ほの青い月が冴え冴えと輝いている。冷たい空気の向こう側に、星の瞬《またた》く夜空が澄んでいる。

笹庵の静寂をうつし取ってしまったように、その夜の月白邸はひどく静かだった。

「──大変だったのは、まあ本当らしいよね」

陽時が不本意そうに、こつこつとタブレットを叩いてそう言った。

すみれが寝入ったあと、茜が青藍の仕事部屋に酒と肴《さかな》ののった盆を持っていくと、陽時と青藍が言葉少なに作業をしていた。壁面の絵具棚からおびただしい数の瓶や小袋が引き出されていて、机にずらりと並べられている。

筆と梅皿《うめざら》、小皿、膠に胡粉《ごふん》、棚に差し込まれている色とりどりの紙と、くるりと丸めておかれている布や裂《きれ》の類《たぐ》い。これらを管理するのは陽時の仕事だ。

青藍と陽時は、笹庵の事情について多少なりとも耳にしたことがあるようだった。

特に、ほぼ縁を切ってしまっていた青藍はともかく、陽時は紀伊家が営む会社の一員として東院家ともそれなりに繋がりがある。

――樹が比奈子《ひなこ》と結婚して東院家を飛び出し、東京へ行ったあと。東院家では樹の存在はあってはならないものになった。

たくさんの分家や親戚筋、弟子たちの中で、笹庵はいっときひどく立場を悪くしたそうだ。樹が東院家の絵師として、そうとうに期待されていたその反動でもあった。

「そもそも、佑生さんってあんまり当主って感じでもないらしかったし」

あけすけにそう言って、陽時が整理が終わった絵具を棚に戻し始める。

もともと笹庵の次期当主は当然、長男である樹の予定だった。その絵の腕の陰に隠れて、佑生の名はあまりだれかの口に上ることもなかった。

つまりそれまでは、地味で影の薄い笹庵の次男坊に過ぎなかったのだ。

それが突然、当主として表舞台に引きずり出され、長男と当主と、そして面目を失った笹庵を背負うことになったのだ。

茜が思い出したのは、佑生のあの仕事部屋だった。

おびただしいほどの本が並べられていた。あれはすべて絵に関する本だ。技術も知識も己に足りないものをすべて身につけようとしたのだろうか。

父と母と、そして茜とすみれが東京で、そして京都で穏やかに暮らしている間に。

佑生は笹庵の主《あるじ》として――すべてをその背で負ったのだ。

「今年、笹庵で食事会が開かれるのも、十八年かけてようやく評価を取り戻したってとこなのかな」

陽時の言葉をどこか遠くで聞きながら、茜は自分用に持ってきた梅シロップのお湯割りを、一口すすった。

自分で漬けたはずなのに、味も香りもすっかりどこかに行ってしまったみたいだった。

「……お父さんのせいだったのかな」

「それは違うよ、茜ちゃん」

陽時がタブレットを放り出して、缶チューハイをぱきりと開けた。

「佑生さんだって、東院家を出ていくことだってできた。あの人がそれを選ばなかったってだけの話だよ」

陽時は酒が苦手だ。弱いと言ってもいい。それでもこうして飲むのは、何かやりきれないものを無理やり押し流したいときだ。

「だれだって自分の人生を選ぶ権利があるよ。おれや青藍や樹さんや……月白《つきしろ》さんは、東院家から自由になることを選んだ。あの人たちはそれを選ばなかった」

それだけだよ、と自分に言い聞かせるように、陽時は一気に缶を傾けた。

みな選択があった。そして自分たちが置き去りにしたその場所で、残された重さを背負う者がいるということもわかっている。

青藍のいない東院本家を、珠貴は一人で率いている。

陽時が紀伊家から飛び出したことで、跡取りのために姉はきっと、望まぬ形で婿《むこ》を取ることになった。

月白の自由の後ろには東院本家前当主、東院宗介の姿があった。

そして……父が捨てた笹庵を、懸命に守ろうとしているのが叔父だ。

だれもかれもが憧《あこが》れた自由のために、生まれた場所を捨てる覚悟ができるはずがない。

それでも茜は自分の手が震えているのを、わかっていた。

「わたし……叔父さんのこと嫌いなんです」

あの人たちの苦しみも悲しみも理解できる。でも茜にとって叔父のことはどうしたって許容できない。

自分が狭量なのだろうか。でも心がどうしても嫌だと言っている。

ほろほろと、涙がこぼれ落ちた。

「いや。嫌い……すみれを取ろうとしたのだって、お父さんとお母さんに、ひどいこと言うのも、いや」

大きな手が茜の髪をくしゃくしゃとかきまぜる。このあたたかさは青藍の手だ。この人の手で触れられるのが何より安心するのだと。

ここでなら大声で泣いてもいいのだと。

気づいたのはいつだっただろうか。

「許さんでも、嫌いなままでもええ」

染《し》み入《い》るような青藍の声は静かで落ち着いていて、夜の闇に咲く一輪《いちりん》の桜のように心を慰《なぐさ》めてくれる。

「鈴さんはぼくらが想像もつかへんほど、辛かった思う。佑生さんが苦労しはったのもほんまやろ。でも——それを盾《たて》にだれかを傷つけていいわけやない」

嫌いな人がみな真に悪辣《あくらつ》であったら、どれほど心が楽だろうか。大嫌いだと言い捨てて憎んでしまえたら、きっとこんなふうに思いわずらわなくたっていい。

勧善懲悪《かんぜんちょうあく》なんて夢物語だ。

茜が泣き止《や》むまで、青藍も陽時もあとは何も言わずにずっとそばにいてくれた。陽時はチューハイを片手に、青藍は硝子の猪口《ちょこ》で酒をなめている。

どちらもどうしようもなく苦いものを、決意を持って飲み下しているような気がした。

目を赤く腫《は》らした茜が顔を上げたとき。

だいぶ酔いが回ってふわふわとしている陽時が、ぶすりと不機嫌そうにつぶやいた。

「……茜ちゃん、上七軒に行くんでしょ」

茜は小さく笑って、残り三分の一ほどになっている缶を陽時から取り上げると、代わりに水の入ったグラスを握らせた。この人はチューハイひと缶で酔い潰《つぶ》れてしまえる人だ。

「……行きます」

考えて泣いて、散々に嫌だと言い散らかして。結局、生真面目に立ち向かってしまうのが自分なのだろう。そう思うといくぶんすっきりしていた。

「青藍、ついてってやれよ」

「わかってる」

茜はぱっと目を見開いた。

「大丈夫です。一人で行けますよ」

それが少々強がりだったのは見抜かれていたのかもしれない。

返事代わりに青藍が、ぽん、と茜の頭を優しく撫でた。

3

北野天満宮《きたのてんまんぐう》からほど近いその場所に、尾道淳吾《おのみちじゅんご》の家はあった。

道の入り組んだ場所にあるからと、北野天満宮の前まで迎えに来てくれた淳吾を見て、青藍《せいらん》がぎゅっと眉を寄せる。

淳吾の格好は相変わらず派手だった。

どこで手に入れたのか、レザージャケットの背中ではサングラスをかけた男がポーズを取っていて、パンツは右と左で素材感が違う。スニーカーは鈍《にぶ》く輝く金色だった。

一緒に歩いていて青藍より目立つ人もなかなかいないと、茜《あかね》は半ば感心していた。

視覚的な刺激が鬱陶《うっとう》しいのか、ぱちぱちと目を瞬《しばた》かせている青藍は、相変わらず藍《あい》色の着物に羽織という出《い》で立ちだ。

「──うちはいわゆる昔からの土地持ちってやつでさ。おれがえらいわけやないんやけど、伯父《おじ》さんが不動産会社やってててね。おれもちょっとだけ手伝いしてんの」

本業はこっち、と淳吾が指したのは、間口の狭い古着店だった。

緑青《ろくしょう》に錆《さ》びさせた鉄の扉に、観葉植物のツタがぐるぐると巻きついている。ちょうど定休日らしく、入り口にはクローズの札がかかっていた。

淳吾は茜たちを中に案内してくれた。

ミリタリー系の古着がメインのようで、木造の内装に、壁には作り付けの棚が四段。中央のガラスケースには、年代物らしいフライトジャケットやエンジニアブーツ、ベルトやアクセサリーなどが納められている。

ひときわうやうやしく飾られたデニムには、何十万という価格がついていて、茜は驚いて目を見張った。

「ほら、茜ちゃん」

淳吾が示した小さなレジカウンターのすぐそばに、一枚の絵が飾られていた。

「ここのオープン記念に描いてもらったんや」

絵の端に、ひらがなで小さく、「いつき」と記されている。たしかに書き入れられたそのサインに、茜は胸がいっぱいになる思いだった。

「……お父さんの絵だ」

雑多な商店街の絵だった。

アーケードを抜けた先は緩《ゆる》やかな上り坂になっていて、左右の路地に人があふれている。様々なジャンルの古着店にカフェに居酒屋、怪《あや》しげなバー、ライブハウスにアンティークショップのかずかず。半地下の店からひょいとだれかが顔を出している。

ギターを背負い、左右でピンクと緑に色分けされた髪の少女。ジャケットにデニムになぜか下駄の青年。古着店の袋を抱《かか》えた青年たちが、顔を合わせて笑っている。

その街は、かつて茜が過ごした街だった。

東京、高円寺《こうえんじ》だ。

あそこは雑多でいつも騒がしくて、面白いものであふれていた。

そんな街で父は働いていたのだ。

淳吾は高円寺の、父が働いていたカフェの常連客だった。淳吾自身もそのほど近くで古着店を開いていたそうだ。

「みんな、樹《いつき》さんが大好きやったよ」

いつも優しくて穏やかな父は、高円寺でも常連客に囲まれていた。

母が亡くなって父が京都へ帰ると言ったとき。上七軒《かみひちけん》の物件が一つ空いているから、そこで喫茶店をやらないかと誘ったのが淳吾だった。

「おれも、そろそろ京都に帰ってもええかなってころやったし。樹さんの喫茶店が近くにあったらめっちゃええなって思って」

茶屋を改装した元小料理屋で、設備はほぼそのまま使うことができる。二階は家族そろって住むこともできると言うと、少し迷って父はうなずいたそうだ。

淳吾は茜たちを店の二階に案内してくれた。

そこはコンクリート打ちっぱなしの倉庫になっていて、事務作業のためにパソコンと机が一つ。端のほうに積まれているダンボール箱は季節外商材で、他に配送用の折り畳みコンテナや清掃用品などが雑多に置かれていた。

それに古い箪笥《たんす》がひと棹《さお》。その横、窓のそばに、古着店の倉庫にはおおよそ似つかわしくないものが置かれていた。

古い畳が、二畳分。

「やっと茜ちゃんに見せられる。大きな絵は家で描かれへんて言うから、おれがここを貸したんや」

茜は淳吾を振り仰いだ。淳吾がぐすっと洟《はな》をすすった。

「――樹さんは、ここで絵を描いてたよ」

茜はその畳を見下ろした。絵具がついていた。それは夕日のような茜色だった。

たとえば、定休日。茜とすみれが学校や幼稚園に行っている間、父はここでときどき絵を描いていたのかもしれない。

店が終わったあと、すまなそうに友人と飲みに行くと言っていたその日は、もしかするとここで淳吾やだれかと酒を酌《く》み交わしながら、筆を進めていたのかもしれない。

夏の焼けるような日差しの中で、冬の凍《こご》えそうな寒さの中で。春のぬるむような日だまりの中、秋の爽《さわ》やかな風に吹かれて。

父は――たしかにここにいた。

そばにある塗装の剝《は》げたカラーボックスには、申しわけ程度に布がかぶせられていた。中には、青藍の部屋のように絵具や筆が詰め込まれている。茜がかつての父の店で見つけたあの菓子箱の中身は、父の持ち物のほんの一部だったのだ。

「おれらみたいな常連客が自分の店とか家に、描いてほしいてよう頼んでたんや。でも、絵はあくまで趣味なんやて」

樹は高円寺でも京都でも、茜たちの前で趣味として絵を描くことはあっても、絵師だったと言うことはなかった。

東院《とういん》家を捨てたときに――きっとその道とも決別したのだ。

父は絵師ではない。けれど絵を愛していた。

茜は懐《なつ》かしさとさびしさを肺の底まで染《し》み渡らせるように、深く息を吸った。

「それで……樹さんの弟さんが、うちに来てから調子悪いんやて？」

茜はぐっと息を呑んで振り返ってうなずいた。あらかじめ淳吾には、鈴《すず》から聞いたことを話してあった。

叔父《おじ》が絵を描けなくなってしまったこと。そうしてそれは、どうやらここに来てからであること。父の絵を見たと、叔父が言ったこと。

「去年の秋、ここに叔父さんが来たんですよね」

「うん。——でもそもそも最初に佑生さんから連絡があったのは、樹さんが亡くなってからすぐやったよ」

淳吾は思い出すように視線を宙に投げた。

樹の葬式が終わって、二人の娘が彼の実家に引き取られたらしいということを、淳吾が知ったころだった。

悲しみに暮れながら、とにかく店をそのままにしておくわけにもいかないと、のろのろ動き始めたとき。東院佑生《ゆうき》と名乗る人物から連絡があった。その人は樹の弟だと言った。

突然のことで契約の話が後手《ごて》になってしまったこと、必要であれば次の借り手を探す手伝いができるということを、佑生は丁寧《ていねい》に詫《わ》びながら言った。気がつけば店の片付けも佑生が業者を手配してすませてくれていた。

そして今年の秋口。新しい借り手が見つかったから一度会って話したいと、また連絡があったのだ。

「おれ、樹さんにちょっとだけ実家の話を聞いててさ……」

淳吾が気まずそうに、くしゃりと髪をかきまぜた。

樹はあまり自分の家の話をしない人だった。けれど比奈子《ひなこ》が亡くなって、京都に戻ってくる折に、淳吾はぽつりと樹が話すのを聞いたのだ。

東院家という古い絵師の一族であること。跡継ぎであったらしいが、その家を捨てて比奈子と東京へやってきたこと。

弟が一人いること。そしてたぶん——嫌われているだろうということ。

「樹さんみたいな優しい人を嫌いて言うなんて、どういうやつやて思てたけど……実際話してみたら、真面目《まじめ》でええ人やった」

淳吾は困ったようにまなじりを下げた。

「何があったかおれは知らへんけど……兄弟でちゃんと話し合う時間があったらよかったのにって、そう思ったよ」

そこで言葉を切って、淳吾は部屋の奥、古い箪笥のそばに歩み寄った。服が納められているわけではないというのはすぐにわかった。

淳吾が開けた引き出しの中から、紙の束を取り出したからだ。

「どうやって保管したらええかわからへんかったから……日除《ひよ》けと虫除けでひとまず箪笥に入れてたんや」

畳の上に、次々と紙を並べていく。

それを見て、茜はぐっと胸がつまって、泣いてしまいそうになった。

その筆遣《ふでづか》いを見わけられないわけがない。

父の絵だった。

「あのとき、佑生さんにもせっかくやからて、樹さんの絵を見てもろてね。おれでは上手に保管できへんから、いるものがあれば持って帰ってほしいて言うたんやけど……」

もともと愛想笑いをするようなたちではなかったが、それなりに会話になっていたはずの叔父が、この絵を見てから一切話さなくなったと淳吾が言った。

広げられた絵に釘付けになって、懸命に平静を装《よそお》ってなお、あふれ出てしまうような苛《か》烈《れつ》な感情を持て余したように、やがて背を向けて階段を降りていってしまったそうだ。

茜は畳に広がる父の絵を見つめた。

窓から見下ろす上七軒の街、梅花の季節の北野天満宮、並んで笑う常連客たち……習作だったのだろうか、思うまま描き散らした落書きのような動物や植物。

簡単に表装《ひょうそう》されたものも、描きかけで小さなパネルに水張りされたままのものもある。表装も水張りもされていないまま箪笥に突っ込まれていたせいか、紙にあちこち皺《しわ》が寄っているものもあった。


「——茜」


ふいに、青藍が視線だけでそれを示した。

その様々な作品の下に埋もれるように、その絵はあった。パネルから剝がれてしまったのか、紙の角に妙に痕《あと》がついている。

ひときわ大きな絵で横幅があり、茜が手を広げたよりも小さいくらい。欄間額《らんまがく》などに入れるのがちょうどよさそうであった。

龍の絵だった。

左上から右下を、大きな目がぎょろりと睨《ね》めつけている。大きな鼻の穴が二つ、ぐるぐると渦巻くような力強く長いたてがみ。吹き上がる風に靡《なび》く二本の細い髭《ひげ》。

鱗《うろこ》の一つ一つが、吹きすさぶ風雨に磨かれて艶《つや》めいているのがはっきりとわかる。

眼下に雄大な山々、足元には雲。

嵐の空を泳ぐ龍の姿だ。

青藍が指しているのは、その右上にほんの小さく書かれたその言葉だった。

──千里《せんり》へ

号とは絵や書を描く人がつけることもある、ペンネームのようなものだ。青藍は『春《しゅん》嵐《らん》』、珠貴は『蒼翠《そうすい》』という号をそれぞれ持っている。

「佑生さんの雅号《がごう》や」

「千里、って……」

「樹さん、佑生さんの今の雅号を知ったはったんやな……」

佑生の雅号は、笹庵《ささあん》の家を継ぐときに新しくつけたものだそうだ。

茜は畳の前に膝《ひざ》をついて、その絵を手に取った。

……これは、父から叔父に向けて描かれた絵だ。

叔父が見たのはきっとこの絵だった。けれどこれが叔父の何に触れたのだろう。どうして叔父は、絵を描けなくなったのだろう。

ぐっと茜が考え込んだときだった。

青藍が後ろでぽつりと言った。

「――この絵、完成してへんのやな」

え、と茜と淳吾の声が重なった。青藍が茜のそばに膝をついて、その絵をじっと眺める。

それきり青藍は、何かにとりつかれたように手をついて、父が描き散らした絵を一心不乱にかき分け始めた。指先があふれんばかりに広げられた絵の海の中をさまよって、その中から何枚かの紙をつかみ出す。

絵の一枚一枚を明かりに透かすその瞳に、ぱちぱちと光が灯《とも》っているのがわかる。口元がうれしそうに、淡い笑みを浮かべていた。

「……やっぱり樹さん、ええ腕やな」

きっと今のこの瞬間。青藍にとっては父と叔父の確執のことも、東院家や笹庵のことも、どうだっていいのだ。

ただ、美しい絵のことだけを考えている。

いつも険《けわ》しくひそめられているその顔に、子どものような好奇心が輝く瞬間が、たぶん茜は好きでたまらないのだ。

「……描いてもらえませんか」

茜は気がつくとそう言っていた。

父のこの絵の完成を見たい。

この先を――知りたい。

「青藍さんに……続きを描いてほしいです」

そして父の描き残したものを描くことができるとすれば。何より美しいものに真摯《しんし》な、この人しかいないと茜はたしかにそう思うのだ。

4

笹庵《ささあん》の邸《やしき》は相変わらず静寂《せいじゃく》に満ちていた。

もうじき二月になる。吹き抜ける風は真冬のさなか、身が凍りつくほどに冷たかった。からからと笹同士の触れ合う、湿度のない音が静寂の庭に響いた。

客間で顔を合わせた佑生《ゆうき》はその表情を困惑《こんわく》にゆがめていた。茜《あかね》から佑生に会いたいと言ったからだ。姪《めい》に嫌われている自覚ぐらいはあるようだった。

叔父と向き合うだけでひどく緊張する。隣には青藍《せいらん》が無言で付き添ってくれていて、それだけでほっとした。

茜は自分を奮《ふる》い立たせるように、ことさらまっすぐ叔父を見つめた。

「鈴《すず》さんから聞きました。叔父さんが絵を描けなくなったって……。秋に上七軒《かみひちけん》の尾道《おのみち》淳吾《じゅんご》さんのところへ行っていたころからだったって」

佑生がぴくりと顔を引きつらせた。返事はなかったが茜はかまわず続けた。

「叔父さん、そのとき……父の絵を見たんですよね。そこから絵が描けなくなった」

今度こそ佑生が息を呑んだ。

茜は机の上に白木の箱を差し出した。細長く、紫の紐《ひも》でくくられたそれは、掛け軸の箱だ。するりと紐をほどく。

納められていたのは、紫紺《しこん》の和紙で仮表装《かりひょうそう》された一枚の絵だった。青藍がひとまず裏打ちをせず簡単に表装してくれたのだ。

「尾道さんのところから預かってきました。去年の秋……たぶん叔父さんが見た絵です」

佑生は、ぎょろりとした目を落ち着きなく左右に振った。やがて手のひらを握りしめて絞り出すように言った。

「なんで……」

その先を叔父は呑み込んで、口をつぐんだ。

「もう一度、見てほしかったんです」

この絵を見て、叔父は筆が持てなくなった。その理由が茜にはわからない。

けれどこの絵は未完成だった。青藍に頼んで続きを描いてもらったそれを見て、その意味を知って——茜は、これを叔父に届けなくてはいけないと思ったのだ。

父が叔父に、伝えたい何かがあるのだと、そう思ったから。

「叔父さんあのとき、この絵を見たんですよね。でもこの絵は——」

「なんでや！」

茜の言葉を遮《さえぎ》るように、佑生が叫んだ。

「なんで、それを持ってきた——その絵を見せるな……」

茜はぽかんと口を開けた。

いつも冷徹に自分を見下ろすだけだったその人が。今、茜の前でわななくように震えている。こちらを睨《にら》みつけるその瞳は、どこか卑屈に怯《おび》えていて……けれど茜を素通りしているのだ。

「兄さんは……いつもその目でぼくを見るんや」

この人は茜の向こうに——父を見ている。

——東院《とういん》佑生にとって、兄はどうしたって好きになれない存在だった。

東院家の分家、笹庵の邸はいつも静かな気配に満ちていた。

前当主である父は厳格を絵に描いたような人で、東院流も東院家のしきたりもこの笹庵の静けさをも、ことさら大切にする人だった。

邸を歩くときは静かに、余計な物音を立てない、大きな声で話さない。

この美しい邸にふさわしくあれと、父は言った。

幼いころはどうだったかもうあまり覚えていない。物心ついて絵筆を握るようになってから、兄とは兄弟らしい会話をしたことはほとんどなかった。

兄はこの笹庵の邸にふさわしい、物静かで穏やかな人だった。

父の覚えがいいのはそんな兄だった。父に逆らうこともなく、そして何より絵の才があったから。

兄が筆を持ってさらさらと紙にすべらせると、美しい線が生まれる。繊細で精緻《せいち》で、東院流のすべてを自分の中に封じ込めてしまったような絵を描いた。

父は言った。

本家、分家を見渡してもこの才は比類ない。この世代は笹庵の絵師、東院樹《いつき》が、東院の要《かなめ》となるだろう。

そうしていつだって、そこで佑生を見て必ずため息をつくのだ。

それに比べて佑生、おまえは……。

自分には絵の才がないことは、もうわかっていた。

兄のそばで父の諦《あきら》めと失望の言葉を浴びるとき。ちらりと顔を上げた先で、自分を見下ろしている兄の目を一度も佑生は忘れたことはない。

黒々と塗り潰《つぶ》された兄の目は、何の感情も感慨《かんがい》もなく、ただ佑生を見つめていてひどくつまらなさそうで。

この人に見下されているのだといつも思っていた。

笹庵は兄が継ぐだろう。そのとき自分はどうしようかと考えるようになったのは、いつからだろうか。

もし許されるならこの邸と違う場所で、だれにも比べられないところで過ごしてみたかった。だから佑生は兄が跡を継ぐ日を、いっそ心待ちにすらしていたのだ。

佑生がまだ高校生のころだった。ある日、兄がふと言った。

——佑生は絵が好きか？

それにはうなずいたと思う。本当はさして好きではなかったけれど、この邸でそれが許されるわけがないのだから。

それに兄はなんと答えたのだったか。

ああ……そうだ。兄はあのとき笑ったのだ。

——……ええなあ。

笑っているのは口元ばかりで、その瞳はいつもの兄のつまらなさそうなそれだったことを、どうしてだか強烈に覚えている。

兄の様子が変わったのは、そのすぐあとからだ。

今まで東院流のお手本のような絵ばかりを描き、父に言われるがままに展示会や展覧会に出していたのが、少し変わり始めた。

絵には鮮やかな色が躍《おど》り始め、東院家の名前で絵を描くのを拒《こば》むようになった。

そしてある年の三月の終わり。兄は突然、家を捨てて京都を出ていった。

あとから聞いた話では、大学の近くの喫茶店で出会った女と結婚したいと言ったそうだ。

それを父と珠貴《たまき》が激烈に反対して、兄は――東院家ではなくその女を取った。

それからの笹庵では、泥濘《でいねい》を這《は》いずり回るようなときが過ぎた。

本家や他の分家からは散々に揶揄《やゆ》され、父は逃げるように亀岡《かめおか》の別荘に隠居した。あとをすべて佑生に押しつけて。

何度も投げ出そうかと思った。それでも笹庵に向けられる心無い言葉に耐え、絵を学び必死に努力したのは、ただ生真面目《きまじめ》な自分の性格がゆえだと思う。

鈴と結婚してからは、その言葉が鈴にも向けられるようになった。密かに泣いている鈴を見るたびに自分をふがいなく思った。

おまえは出来の悪い子だと父の言葉が聞こえる。――兄のあの目が、自分を見る。

自分の力が足りないから、鈴が傷つくのだと。

やがて努力の果てに、笹庵はやっとのことで立場を取り戻した。

自分の絵が認められて初めて、佑生は兄のあの黒々とした目を忘れられるようになった。ざまあみろ。これでぼくは――兄さんを超えたんだ。

そんな折だった。いつのまにか京都に戻ってきていたらしい兄が、突然死んだという。

姪を二人引き取ることになった。一人は高校生、一人は小学生。どちらも兄によく似ていた。その顔を見るとまた、兄の目がこちらを見ているような気がした。

そのたびに必死に自分に言い聞かせた。

大丈夫だ、兄はもういない。あの目はもう……ぼくを見下すことはないんだ。

去年の秋口、兄の店の後始末を手がける中で、佑生はその絵を見た。

どうしたわけか、兄は古着店の二階で絵を描いていたようで、懇意《こんい》にしていたというその店主が見せてくれたのだ。

兄が描き散らした絵の中に――佑生はその絵を見つけた。

自分の雅号にあてた、兄の絵だ。

龍の絵だった。

兄らしく色鮮やかに彩色されていた。

渦を巻くたてがみは銀の混じる鉛色《なまり》、烏羽色《からすば》の鱗《うろこ》が続き、ぎょろりと睨みつける大きな目は、深い草色をしている。

どろどろと音が聞こえそうなほどの嵐の中を悠然《ゆうぜん》と泳ぐさまは、恐ろしく、そして佑生の手の届かないほど美しかった。

その瞬間、佑生は思い知らされたような気がした。自分にはこんな絵を描くことはできない。兄には……きっと生涯勝てないのだ。

悔しくてたまらなかった。

東院を捨てた兄は絵を描き続けていて、死んでなお、佑生にそれを見せつけてくる。

おまえは不出来な子だと父の声が聞こえる。兄の目が自分を見つめている。

遠い昔に置き捨ててきたはずの心が揺さぶられる。

絵を描こうとすると、またあの黒い瞳が、自分を見つめているように思った。

それから——佑生は筆を持てなくなった。

自分の声が荒れているのがわかった。佑生は何とか落ち着くために大きく息を吸った。

「これで、満足か」

皮肉げに口元をつり上げた。

兄の子が戸惑《とまど》ったようにずっとこちらを見つめている。兄に面差《おもざ》しがよく似ている。その後ろで兄があの目で無感動にこちらを見ている。

「――違う」

一瞬、兄がそう言ったのかと思って、佑生はどきりとした。兄とよく似た目がまっすぐにこちらを見ていた。

「……違うんです。お父さんは、これを描きあげる前に亡くなったんです。だから叔父さんが見たときは、まだ完成じゃなかった」

佑生は眉を寄せた。

茜の細い指が紫紺に表装された掛け軸の巻緒《まきお》をほどいていく。

ふと絵具のにおいがした。

するすると広げられていく絵の、左上には兄の描いた見事な龍。嵐の中を泳いで雲に乗り、右下をそのぎょろりとした目で睨みつけて――。

佑生は息を呑んだ。

その先にはたしかに、秋口にはなかった絵が描き足されていた。

一匹の虎だ。

龍と相対《あいたい》するように、大きな口をぐわりと開けていた。鋭い牙《きば》を剥《む》き、縞《しま》のある巨軀《きょく》をわずかにかがめて今にも龍に飛びかかりそうに見える。

毛並みはところどころに金糸《きんし》の交じる琥珀《こはく》色に、黒の縦縞。瞳だけは爛々《らんらん》と輝く黄金、踏みしめる大地にはすらりと伸びる青竹と、あふれんばかりの薄緑色の瑞々《みずみず》しい笹が茂っている。

その虎に睨まれたかのように、佑生は息を詰めたまま凍りついた。

体中の毛がざわりと逆立つ。

少しでも動けば、その目がこちらに向いて、次の瞬間には喉《のど》に牙が突き立っている。

それほどの迫力だった。

兄の筆をも優に凌駕《りょうが》している。遥《はる》か高みにいるこの筆致を、佑生は知っている。

久我《くが》青藍──『春嵐《しゅんらん》』の筆だ。

「樹さんの絵は未完成やったと思います。名前も入れたはらへんかったし、右下の空白は余白にしては不自然やった。それに……」

青藍が佑生の前に並べたのは、落書きにも近い紙だった。どれも虎の絵が描かれていて、ぎょろりと龍を睨む構図になっている。

「何枚も樹さんが練習したはったんやと思います。……ここに描き入れるために」

「龍といえば、虎なんですよね」

茜がぽつりと言った。

「青藍さんに聞きました。〝竜虎相搏《りゅうこあいう》つ〟って言葉があって、昔から竜と虎は、同じ強いものとして並び立ってきたって。東洋だと絵の世界でもたくさん使われているモチーフなんですよね」

竜と虎は、中国の古い故事に基《もと》づいた、日本画によく見られる構図だった。それはたしかに力の拮抗《きっこう》したものを表すそうだ。

「……叔父さんが、日本画の本をたくさん読んでるの知ってます。だから知らないはずないですよね」

仕事部屋を見たと茜が言った。途端に羞恥《しゅうち》が顔に上るのがわかった。才を知識で埋めようとしたあの無様な部屋を見たのか。

「わたし、どうしてお父さんがこの絵を描いたのか……やっと今わかった」

……やめろ。

「お父さんは叔父さんに伝えたかったんです」

……ちがう。

「自分たちは、龍虎なんだって」

その瞬間。

龍の目が、虎の目が。ぎょろりとこちらを向いた気がした。

兄のあの目が自分を見つめている。その目はぼくを見下していたのか。それともあの黒々とした瞳の向こうで――兄もこの邸の静寂に、絶望していたのだろうか。

この邸でたった二人の兄弟だった。

兄が……兄だけが……。


――ぼくの腕を信じてくれていたのだろうか。


どう、と風が吹き抜ける。

庭の笹が大きく揺らぐ。枝同士が触れ合ってばちばちと耳障《みみざわ》りな音を立てた。冬の嵐のその果てで、虎と龍が争っている。

ふいに思い出した。

ずっと幼いころ。石畳をぺたぺたと歩く自分の前で兄が振り返った。

見上げた兄の顔は、日の光に照らされてきらきらとしていて。

ほら、と仕方なさそうに差し出されたその手をつかむと。

うれしそうに――笑ったのだ。

どうして忘れていたのだろう。

「……そんな、笑わんといてくれよ」

もう兄はいないのだと。いまさらそんな悲しみなんて、知らなくていい。

広げられた絵の前で佑生が呆然と座り込んでいる。茜は吹き抜ける冬の風にじっと耳を澄ませていた。

「ぼくも死んだ人のために絵を描こうと思て、一筆も入れられへんかったことがあります」

青藍が言った。その視線の先には月白《つきしろ》が課題として遺《のこ》した、あの桜の絵があるのだろう。

月白が死んでから茜たちと出会うまで、青藍は線一つ引くことができなかったそうだ。

「たぶん樹さんもそうです。東院家のために絵を描いてたときがあって、それがしんどかったときがあらはったんやろうて聞きました」

絵を描くのがつまらなくて死んだような顔をしていた父が母と出会って、絵の楽しさを思い出した。

「結局、絵なんてだれかのために描くもんやないてぼくは思う」

青藍がほろりと早春の花がほころぶように笑った。不器用な微笑みだったけれど、なんだかそれだけで茜は泣きそうになった。

「ぼくは……ぼくが描きたくてたまらへんから描く。ぼくは絵筆を持ってるときぐらい、自由でいたいて思うから」

叔父もきっとそうなのだ。

東院家のために、笹庵のために——……兄を、そして自分の父を見返すために、筆をとってきた。

そうなった一端が、父にあることも茜はもうちゃんとわかっている。

「お父さんは、全部捨ててお母さんと暮らすことを決めました。それは間違ってないと思うけど。いろんな人の人生を変えたのかもしれないって……それも今は思います」

父か叔父か——青藍か珠貴か、陽時《はるとき》か彼の姉か。どちらが正しいか茜にはわからない。

この先、きっと答えが出ないことはわかっている。

その果てにおきたことを、全部受け入れて許す必要がないことも。

茜は変わらず叔父のことが苦手で、叔父も父のことを、この先好きになることはないかもしれない。

けれど黙り込んだまま、龍虎の絵を見つめているこの人と。いつか父の話をして泣いたり懐《なつ》かしんだりする未来があるのかもしれないと。

そのとき茜はそう思ったのだ。

その瞳が揺れている。ぎょろりとした目の奥で好奇心の光が淡く輝いている。

指先が震えている。この人もまた絵を描く人だ。

その手が筆を握りたくてたまらないと言っている。

だれかのためではなく——ただ自分のために。

5

二月に入ると、思い出したかのように冬が牙《きば》を剝《む》き始めた。

その日も夕方過ぎからはらはらと空を舞い始めた雪は、いまやすっかり月白邸《つきしろてい》の庭を覆《おお》い隠している。

山から吹き下ろす風が、どう、と庭の雪を舞い上げる。

星の見えない漆黒《しっこく》の空にどろどろと駆け上っていくそのさまは、まるで荘厳《そうごん》な龍の姿に似ていた。

珠貴《たまき》から連絡があったのは、青藍《せいらん》と陽時《はるとき》がちょうど仕事部屋で、茜の近くにいないときだった。そのタイミングのよさにどこかで見ているのではないか、半ば本気で疑い始めている。

「――鈴《すず》さんからの封筒は届いたやろうか」

「……はい」

昨日届いた封筒は封を切って離れに置いてある。

中身はいくつかの書類と預金通帳、複雑な字で『七尾《ななお》』と彫られた印鑑が大きさ違いで三つばかり。南天《なんてん》が描かれた風流な便箋《びんせん》に、細く流麗《りゅうれい》な鈴の字が綴《つづ》られていた。

いわくこれは、店の契約を解約したとき戻ってきたわずかな金額と、両親の使わなくなったものを売ったものを足して、茜とすみれのためにとっておいたものだそうだ。

通帳にはそれなりにまとまった額が記帳されていた。

その手続きをすべて佑生《ゆうき》が手配したそうで、茜は驚いた。

父が亡くなって引っ越すとき、店で使われていた品や家財道具は売られて両親のものはすべて捨てられてしまったと思っていたからだ。

「手紙は鈴さんに書かせて、届いたかて確認の電話はぼくやろ。佑生くんも頑《かたく》なやわ」

電話の向こうで珠貴がくつくつと笑う。

「少しぐらい、説明してくれてもよかったと思います……」

店が突然なくなったことも、父母の思い出を失ったことも、茜とすみれにとっては辛《つら》い思い出だ。

「そら端《はな》から全部、善意やあらへんやろ」

珠貴のどこか冷たい言葉に、茜はぐっと詰まった。当然だ。人は善悪で二つに割ることはできない。自分一人ですら、己《おのれ》が善か悪かよくわからないというのに。

「でも佑生くんは真面目《まじめ》やからね。子を路頭に迷わせへんのは義務やて思たんやろ」

複雑な思いを抱《かか》えたまま、茜は一つため息をついた。

「ほんま、物事を四角四面にしか進められへん人や」

その声がわずか優しくなったような気がして、茜は瞠目《どうもく》した。

そういえば、鈴と茜が会えるよう手配したのはこの人だ。あのとき、電話の向こうで聞こえた真剣な声は、この人なりに佑生のことを案じていたのだろうかと思う。

「われながら似合いの号にしたわ」

珠貴の言葉に茜は、えっと声を上げた。

「叔父さんの雅号って『千里《せんり》』ですよね。珠貴さんがつけたんですか？」

「そうえ」

「どういう意味なんですか」

電話の向こうで珠貴が答えた。

「――『遥《はる》か千里の道を征《ゆ》く』」

美しい神の森を表す『蒼翠《そうすい》』や、すべてをかき回す『春嵐《しゅんらん》』に比べると、どこか華やかさに欠ける。

けれど、なんだかとてもしっくりとくると茜は思った。

あの人は不器用に真面目に、一歩ずつ遥かなる道を歩む人なのだ。

――美しい冬の夜が過ぎていく。

逆巻く雪を見つめていると、どこか自分がほっとするのがわかった。この美しい月白邸の庭がわたしの場所だと。そういう気がするからだ。

あれから茜はずっと考え続けていた。

父のことやすみれのこと、佑生や青藍や陽時……瑞穂《みずほ》や学校の友だちや、多香子《たかこ》のこと。

そして七尾茜のこと。


「――茜」

声をかけられて振り返る。青藍が仕事場の障子《しょうじ》を開けて、いぶかしそうにこちらを見つめていた。

冬の音を追って、いつの間にか青藍の仕事部屋の前までやってきていたらしかった。

「どうした？」

手に酒や肴《さかな》の盆を持っていないことを、不思議に思ったのだろう。

「……いえ」

なんでもない、と答えかけて、茜は思い立って言った。

「絵を……見たいです。青藍さんの桜の絵」

身を乗り出した茜に、青藍は困惑《こんわく》しながらも部屋の中に入れてくれた。

美しい桜の絵はいつでもそこに広がっている。

黒々とした墨描きの桜に身を寄せ合う小さな二匹の雀《すずめ》、金色の猫に柴犬に……たくさんの動物たち。そして色鮮やかに咲く様々な季節の野の花たち。

この桜は青藍自身だ。

「わたし、気がついちゃったんですよね」

青藍は何も言わずに聞いてくれた。

「自分が何をしたいかとか、考えたことなかったんだって。そんな時間も余裕もないって……すみれとか、お父さんやお母さんを言い訳にしてたんだって」

花の咲かない桜は、青藍ではなくて茜自身だったのかもしれない。

でも最近わかったのだ。

学校でただの七尾茜として、クラスメイトたちと笑い合った楽しさも。

青藍や陽時や、父や……叔父が。自分のために必死になって得ようとしていた自由も。

「わたしにも……わたしの夢があってもいいのかもって」

やっと、そう思えるようになった。

「すみれのことはとても大切なの。でもすみれと同じぐらい……〝茜〟も大切にしたい」

――なりたいものがある。

茜がそう言うと、青藍が驚いたように目を見開いた。

「それにはすごく勉強が必要で、たぶん進学しなくちゃいけなくて」

茜は勢い込んで言った。

「あの、でも大丈夫です。父の貯金と……悔しいですけど、叔父さんからもらったお金を足せば、わたしとすみれの二人分ぐらい、なんとかなることもわかって……」

だから、と茜は続けた。

「わたし進学したいです」

青藍が戸惑《とまど》ったように視線を宙に投げた。

なんとも言えずに、目尻や口元が緩《ゆる》むのをこらえるような……要するに歓喜をなんとか押さえ込んだような顔で、無理やり唇を結んでいるのがわかった。

「茜が、やりたいようにやったらええ」

そしてぽつり、と言ったのだ。

それを、待っていたのだと。

それで、と青藍が、ひそやかに内緒事を話すように言った。

「茜は何になりたいんや？」

それはすみれに将来のことを聞くような、どこか子どもっぽくて面《おも》はゆくさえあったのだけれど。

茜は同じように、こそこそと声をひそめて答えたのだ。

「──まだ内緒です」

え、と思わずこちらを見やった青藍に、茜は悪戯《いたずら》が成功したように、ぱっと破顔《はがん》した。

青藍が呆《あき》れたような顔で肩をすくめる。

「……まあ、ええわ。好きにやり」

ふと笑って、大きな手が、さらりと髪を撫でてくれる。

最初はずっとぎこちなかったその仕草が、今はとても自然になった。なんだかとてもうれしいのだけれど、それを通り越して、今はどこか落ち着かない気にもなる。

外では、冬の嵐が唸《うな》りを上げて雪を巻き上げている。

この冬が終わればまた春が来る。
すみれも茜も――それぞれ訪れる未来の先へ、歩いていかなくてはいけないのだ。

主要な参考文献

『定本　和の色事典』内田広由紀（視覚デザイン研究所）二〇〇八年
『京都地蔵盆の歴史』村上紀夫（法藏館）二〇一七年
『モネ　印象派の誕生（「知の再発見」双書67）』シルヴィ・パタン著　高階秀爾監修（創元社）一九九七年

※この作品はフィクションです。実在の人物・団体・事件などにはいっさい関係ありません。

集英社オレンジ文庫をお買い上げいただき、ありがとうございます。
ご意見・ご感想をお待ちしております。

● あて先
〒101-8050　東京都千代田区一ツ橋2-5-10
集英社オレンジ文庫編集部 気付
相川　真先生

京都岡崎、月白さんとこ

彩の夜明けと静寂の庭

集英社
オレンジ文庫

2023年6月25日　第1刷発行

著　者　相川　真
発行者　今井孝昭
発行所　株式会社集英社
〒101-8050東京都千代田区一ツ橋2-5-10
電話【編集部】03-3230-6352
【読者係】03-3230-6080
【販売部】03-3230-6393（書店専用）
印刷所　図書印刷株式会社

ISBN 978-4-08-680507-0 C0193

相川 真

京都岡崎、月白さんとこ

（シリーズ）

①人嫌いの絵師とふたりぼっちの姉妹

父を亡くし身寄りのない女子高生の茜と妹のすみれは、
若き日本画家・青藍の住む「月白邸」に身を寄せることとなった。
しかし家主の青藍は人嫌いで変人との噂で…！？

②迷子の子猫と雪月花

年末の大掃除の最中、茜は清水焼きの酒器を見つけた。
屋敷の元主人が愛用していた、この酒器を修理するため、
清水に住むある陶芸家を訪ねるが…。

③花舞う春に雪解けを待つ

古い洋館に障壁画を納めた青藍は、先代の館の主の知人を
名乗る少年からその絵はニセモノと言われてしまう。
茜は青藍と共に「本物の姿」を探すのだが！？

④青い約束と金の太陽

陽時が見つけた青藍の古いスケッチブックに描かれた
一枚の不思議な絵が、茜のよく知る人物と繋がって…？
じんわり優しい京都の家族物語、初夏の章。

好評発売中

【電子書籍版も配信中　詳しくはこちら→http://ebooks.shueisha.co.jp/orange/】